中公文庫

盤上の向日葵《ひまわり》（下）

柚 月 裕 子

中央公論新社

目次——盤上の向日葵（下）

盤上の向日葵（下）

第十一章

母の面影を辿ると、最後は向日葵《ひまわり》に辿り着く。

子供の背丈よりも高く、晴れた空を仰ぎ、真夏の太陽を燦々《さんさん》と浴びて咲く大輪の花。母は、この花が好きだった。

母はたおやかな人だった。細い身体に、いつも柔らかな柄のワンピースを着て、穏やかな笑みを口元に湛えている。笑みといっても、楽しくて笑っている感じではない。頰を緩め口角をわずかにあげるその表情が、癖になってしまっている——そんな笑みだ。

母の微笑みを鮮明に覚えているのは、夏の季節だ。

母はよく日傘を使っていた。日差しが強くなる初夏から、陽光が穏やかになる秋まで、外に出るときは、必ずといっていいほど、日傘を差していた。

気がふれたように鳴く蟬の声に包まれ、強い日差しのもと、白い日傘を差して佇む母の姿は、さながら一枚の絵画のようだった。

道端に佇む母の視線の先にあるのは、向日葵の群生だった。こめかみを伝う汗を拭おうともせず、じっと黄色い花を見つめる母は、記憶のなかのなにかを追い求めているような、遠い目をしていた。

子供のころは、なぜ、母が向日葵を好きなのかわからなかった。母は、向日葵が持つ明るさや逞しさといった印象とは、逆の空気を纏《まと》った人だった。佇まいは脆《もろ》く、儚《はかな》げで、そして、仄暗《ほのぐら》い。

いつか夏の昼下がり、買い物に出かける母の後ろをついていった。蟻の群れに気を取られ地面にしゃがみ、ふと顔をあげると、母は遥か先を歩いていた。

追いつかなければ――そう思い、白いワンピースの背中を追いかけた。が、走っているうち、不安になった。道路のアスファルトから立ち上る陽炎《かげろう》のせいか、母の姿はひどく虚ろだった。揺れる大気の向こうにいる母は、輪郭が曖昧で蜃気楼のように実体が感じられない。いま自分が追いかけている母は幻で、やがてあたりの景色に溶け込み消えてしまうのではないか。そう本気で怖くなるほど、母は影の薄い人だった。

なぜ母は向日葵が好きだったのか。理由に思い至ったのは、大学に入ってからだ。

第一志望の東大に合格し、下宿先での新しい生活にも慣れたころ、新宿へ出かけた。ゴールデンウィーク明けの平日だった。普段から人が多い新宿とはいえ、平日ならば少しは人出が少ないだろう、そう思ってのことだった。しかし、信州の田舎と都会のど真ん中では、様相はまったく異なった。平日にもかかわらず地下鉄も駅周辺も、人酔いするほど混み合っていた。

新宿に足を延ばしたのは、アルバイト先がある代々木まで出たついでだった。

大学の掲示板には、奨学金や親の仕送りだけでは暮らしていけない学生向けに、アルバイト先の情報が貼りだされている。ほとんどが家庭教師や塾の講師の口で、そのなかから、代々木にある中学生向けの進学塾を選んだ。そこを選んだ理由は、バイト代が一番高かったからだ。

すぐに連絡を入れ、一週間後に試験と面接を受けた。幸いにも合格し、中学一年生の数学と国語を週一コマずつ任されることになった。月末にはじめてのバイト料をもらい懐が温かかったこともあり、アルバイトの帰りに新宿駅で下車した。

東口に出てスクランブル交差点を渡ると、目の前に書店があった。一階から八階まで、ビルのすべてが書店の大型店だ。

急ぐ用事はなく、ふらりと店に立ち寄った。

まっすぐ、将棋関連の書籍が置いてある階へ行こうと思ったとき、一階のエレベーター脇に貼ってあるポスターが目に入った。西洋絵画にまつわる本のフェアの告知だった。芸術関連の書籍を扱っている七階で、五月の半ばまで催しているという。

ちだった。

特に西洋絵画に興味があったわけではない。なんとなく覗いてみよう、そんな軽い気持

狭いエレベーターに乗り込み七階で降りると、本独特の匂いが鼻をついた。インクと接着剤が入り混じったような匂いだ。

フロアに入ると、正面の棚一面に、表紙が見える形でたくさんの美術書が並んでいた。西洋絵画を時代ごとに分析したものや、ひとりの画家を取り上げ評論したものもある。

そのなかの一冊に、目を留めた。ノート二冊分ほどの大きさで、表紙は厚く、束《つか》もかなりある。版元は知らない出版社だった。

本の装丁に、一枚の絵画が使われていた。見た瞬間、表紙から目が離せなくなった。絵を描いた画家は、フィンセント・ファン・ゴッホ。作品名は通称『ひまわり』だった。

あとで知ったが、ゴッホは生涯、向日葵をモチーフにした絵画を十二点制作している。そのうち七点は、花瓶に挿したものだ。

その本の表紙に使われていたのは、十二輪の向日葵が花瓶に活けられたものだった。のちに、花瓶に活けた向日葵を描いた七つすべてを画集で見たが、一番好きだったのは、最初に目にした十二輪の向日葵だった。

装丁には、絵画の一部のみが使用されていた。本を手に取り編者のまえがきを読むと、あえてすべて載せなかったのは、なるべく原画に近い大きさで再現したかったからだ、と

記されていた。

筆の跡がわかるほど厚く塗られた絵の具、幾重にも塗られた重い色彩、そこから見えてくる作者の喜びと苦悩、鬼才だったがゆえに課せられた波瀾に満ちた人生を知ってほしい、と編者は語っていた。

憑かれたようにページを捲り、装丁に使われている向日葵の絵を探した。

本のなかほどに、探し求めた絵はあった。絵の全体像と一部分の画像を用い、四ページにわたり説明されていた。

向日葵の全体像を見たとき、軽い眩暈《めまい》を覚えた。悲しいような、懐かしいような、涙が零れそうな切なさだった。

ゴッホが描いた向日葵は、亡き母そのものだった。

背景の白に近い浅緑は母の淡さで、カンヴァスの中央に咲く花は、母の美しさと重なった。そしてなによりも似ていたのは、薄暗さだった。向日葵という花のモチーフ、黄色い絵の具を主とした明るめの色調、花を引き立たせている淡い色の背景。それらだけを抜き取れば、陽の光のような輝きを持つ絵になるはずなのに、ゴッホが描いた向日葵は仄暗く、絵を明るくするはずの要素が逆に、絵の陰影を濃くしているように見えた。その逆転の変異が、いつも顔に笑みを浮かべていたのに、ひどく寂しげに感じた母の姿にそっくりだった。

そしてもうひとつ、ゴッホが描いた向日葵が強く心を惹きつけた理由があった。筆のタッチだ。

ゴッホは絵の具を油で薄めず、筆に取るようにつけてカンヴァスに塗りつけた。筆は場所によっては暴力的で、別な箇所では繊細だった。向日葵の中央に至っては、筆を丹念に重ね、絵の具が盛り上がるほどの力強さで描かれていた。まるで、みっしりと織り込まれた手織りの絨毯《じゅうたん》のようだった。

一筆一筆、命を削るように塗り重ねたゴッホの筆の跡は、将棋を極めた名人の、一世一代の棋譜を思わせた。

真っ白いカンヴァスに、目の前にあるモチーフをどのように描くか、想像する。その作業は、棋士が盤上を見つめ、次の一手で五十手先にいかなる局面を導き出すかを構想する姿に似ていると思った。

本を棚に戻し、急いで財布を取り出した。アルバイト料が入ったばかりだったことを感謝した。なかには、本を買うと、帰りの電車賃がようやく残るだけの金が入っていた。

そのとき、たとえ帰りの電車賃が残らなかったとしても、財布の金で買えるなら本を購入していただろう。何時間かかろうと、歩いて下宿へ帰ればいい。食事などしばらく摂らなくてもいい。そう思えるほど、ゴッホの向日葵に魅せられた。

レジでなけなしの金を払い、画集を購入した。オールカラーで三百ページ近くに及ぶ本は、かなり重かった。が、本を抱えた腕に感じる重さは、物理的なものだけではなかった。狂気に満ちた生涯を送ったゴッホの人生と、儚く終わった母の短い人生、そして棋士が己の人生を賭けて挑む過酷な将棋の世界が、腕のなかにある——桂介《けいすけ》には、そう思えてならなかった。

その男と出会ったのは、東京に移り住んだ年の秋だった。

秋といっても、桂介の記憶にぼんやりそう残っているだけだ。秋の中頃だったかもしれないし、晩秋だったのかもしれない。

どこもかしこもコンクリートだらけの都会は、四季が曖昧だった。生まれ育った信州ならば、山が黄色や赤に色づいていく様や、風にのって漂ってくる、どこかで脱穀した籾殻《もみがら》を焼く匂いなどから、秋がやってきたとわかる。

しかし、都会にはそれとわかる目安がない。鮮やかな紅葉が美しい山々はなく、田圃や畑もない。風もそうだ。四季の匂いがない。一年中、排気ガスや埃が入り混じった匂いだ。

桂介が街中で、唯一、季節を感じるものは街路樹だった。ユリノキが花を咲かせると初夏が来たと思い、銀杏《いちょう》の葉が色づけば秋が来たと思う。

食べ物での四季の移ろいは、まったくわからない。普段の食事は大学の学食や、閉店間際のスーパーで赤札が貼られている弁当で済ませていた。たまに大学の近くにある喫茶店や定食屋に行くこともあるが、それはアルバイト料が入ったときだけだ。学生相手の店のメニューは安くて量が多い揚げ物や丼物で、季節の素材を使った料理など出てくるはずもなかった。

桂介の塾での評判は、上々だった。

桂介がアルバイトをしている進学塾の講師は熱血な者が多く、桂介は数少ない物静かな講師だった。

人によっては熱意がないと捉えるかもしれないが、なかには、追い立てられる感じがないから落ち着いて授業が受けられる、結果、内容が頭に入る、と評価する生徒もいた。桂介の授業を希望する生徒は徐々に増え、いまでは塾のほうから、授業のコマ数を増やせないかと相談されるほどになった。コマ数が多くなれば、それだけバイト料が増える。桂介は睡眠時間を削り、大学の授業とバイトを両立させていた。

その日は、前の月のコマ数が多く、いつもより多くバイト料が手に入った日だった。

バイト先の塾から駅へ向かう途中、人混みのなかでふと立ち止まり、街路樹を見上げた。なぜ、そうしたのかは思い出せない。なにか意味があったのかもしれないし、単に歩き疲れただけだったのかもしれない。

街路樹の色づいた銀杏の葉を見ているうちに、遠回りしたくなった。下宿と大学とバイト先を行き来しているだけの毎日から、ほんの少しだけ食《は》み出してみたかったのだろう。

交通の便が悪い田舎と違って、都会は道に迷ってもさほど困ることはない。少し歩けば、国鉄や地下鉄の駅がある。そこから電車で、下宿に近い駅に行けばいい。

大通りから脇道にそれ、あてもなく裏路地を彷徨《さまよ》う。

街灯が灯る夜の公園に辿り着き、ベンチに腰掛けた。繁華街からかなり離れたその場所はひと気がなく、遠くから電車や車の行き交う音が聞こえて来るだけだった。

曇っているわけでもないのに、星がひとつも見えない空を見上げながら、桂介は息を吐いた。

生まれ育った諏訪市を離れ、半年余りが経っていた。

父親とは連絡をとっていない。諏訪を出るとき、下宿先の住所と電話番号を教えなかったから、あっちからくることもない。

東京の大学を受験すると決めたとき、同時に、父親を捨てると決意した。

いまとなっては、父親に恨みもなければ怒りもない。望むものがあるとすれば、今後、一切の関係を絶ってほしい、それだけだった。

夜空を見上げたままぼんやりしていると、どこからか馴染みのある音が聞こえてきた。

将棋をしたことがない者ならば、聞き逃してしまいそうな小さな音だ。

――パチン。

駒を盤上に、打ちつける音だった。

無意識に身体が反応した。

桂介はベンチから立ち上がると、将棋を指す音がするほうへ歩きはじめた。考えてのことではない。本能による行動とでもいうのだろうか。喩えるなら、渇いた身体が水を求めるような感じだ。

音は公園の脇にある雑居ビルの二階の、わずかに開いた窓の隙間から聞こえていた。駒の音に導かれるように、桂介は細い階段を上った。

二階の入り口に、古い木で作られた看板がぶら下がっていた。墨字で「坂部《さかべ》将棋道場」と書かれている。

曇りガラスがはめ込まれた重いドアを、桂介はそっと押し開けた。

蝶番《ちょうつがい》が軋み、ドアが開く。煙草の煙が押し寄せた。あまりの煙たさに、思わず咽《む》せる。

なかは、学校の教室くらいの広さだった。部屋には、いくつもの長机が置かれている。机は横に二列、縦に六列あった。全部で十二台だ。

ひとつの机には、将棋盤が三つずつ置かれている。空いている席はわずかしかない。大勢の人間が、長机を挟んで将棋を指している。

ドアの横には、対局場と向き合う形で、受付があった。十代後半の青年と、六十代と思しき初老の男性が座っている。青年は奨励会2級の矢口孝彦《やぐちたかひこ》、初老の男性は席主《せきしゅ》の横森誠治《よこもりせいじ》アマチュア五段だと、あとで知った。席主というのは将棋道場の経営者、あるいは責任者を指す言葉だ。

「いらっしゃい」

受付に座り俯いていた横森が、顔をあげて桂介を見た。鼻まで落ちた眼鏡を、人差し指で押し上げながら訊く。

「うちははじめて？」

「ええ、そうです」

将棋を指すつもりで来たわけではなかったが、自然と口をついて出た。

「どのくらい指すの」

棋力を訊ねているのはわかる。が、どう答えていいかわからない。

「段はあると思うんですが……」

自分では、最低でも四段の実力はあると確信している。正確な段位を取得しているわけではない。恥を掻くのが嫌で、曖昧に答えた。

「そう。じゃあ、手合いをつけるから、とりあえずうちの段持ちと指してみて」

横森はそう言い、矢口くん――と、隣に座る青年に声をかけた。

「この人、見做《みな》しの初段で」

細長い紙のカードの棋力の欄に、初段、と書いて矢口に渡す。

カードを受け取った矢口は、そのカードと一緒に鉛筆を桂介に差し出した。

「名前をフルネームでお願いします」

カードに名前を書き、矢口に返す。

いまの時間だと――矢口は後ろの壁時計を見ながら言う。六時十分になったところだった。

「席料は四百円ですね」

壁時計の下に料金表が貼ってあった。席料――終日七百五十円、午後五時以降四百円とある。終日十回分の回数券は六千円、千五百円得する計算だ。学生料金だと二割引だった。

「あの、学生なんですが」

矢口に伝える。

「学生証をお願いします」

桂介は定期入れから学生証を出し、矢口に渡した。

「東京大学……ですか」

矢口がつぶやくように言った。

横森が顔をあげ、ちらりと桂介を見る。

「じゃあ、あとで名前を呼びますので、声が聞こえるところで待っててください」

料金を払い、部屋の隅にある椅子に座った。

外ではすでにコオロギが鳴いている季節だというのに、部屋のなかは異様な熱気が立ち込めていた。下は自分と同じくらいの若者から、上はとうに還暦を過ぎていると思しき年齢の男たちが、様々な表情で盤面を見つめている。

ある者は上から相手を見下ろすような横柄な態度で、ある者は顔がつくぐらい盤を食い入るように睨み、難しい顔をしている。表情は様々だが、目は誰もが真剣だった。

桂介は胸が高鳴った。

これほどの高揚感を抱いたのは、いつ以来だろう。

東京大学に進学して間もないころ、大学の将棋部を覗いてみたことがある。アルバイトをしなければならないから、部活動に参加する時間の余裕はない。最初から入部するつもりはなかったが、受験勉強でしばらく将棋から離れていたため、無性に将棋が恋しくなっていた。

部室を訪ねてきた新入生を、先輩たちは大いに歓迎した。部屋のなかで対局していた青年たちは、対局の手を休めて桂介に椅子を勧めると、こぞって質問を浴びせた。

小学校や中学、高校での公式戦の記録、通っていた教室や道場、日本将棋連盟の免状を持っているかといったことを、矢継ぎ早に訊ねる。

桂介はすべてに首を振った。

はじめて将棋の駒を持ったのは小学生のときだった。それからいままで、金を払って誰かに教えを請うたことはないし、教室や道場に通ったこともない。中学校のときに学校の部活で将棋をしていたが、公式戦に出たことはない、もちろん免状も持っていない。

桂介の答えを聞いた五、六人の学生が、無言で顔を見合わせた。彼らの顔には、失望と嘲笑が浮かんでいた。

駒の動かし方しか知らないような、ど素人がやってきた。部員が増えて部費が入ることは望ましいが、できることなら大学対抗の大会などで即戦力となる部員が欲しかった。そう目が言っている。

彼らの内心を察した桂介は、椅子から立ち上がった。出て行くためにドアへ向かう。せっかく訪ねてきてくれたのに、一局も指さずに帰すのは可哀想だと思ったのか、役立たずの部員でも部費が増えることを考えれば逃す手はない、と思ったのか。部のなかで決定権を持っているらしき上級生が、出口へ向かう桂介を引き止めた。

「一局、お手合わせ願えないかな。このところ部員としか指してないから、新鮮味に欠けていたところでね。そう時間はとらせないよ。どうだい」

そう時間はとらせないと彼は言ったが、正しくは、君が投了するまでそう時間はかからない、という意味だ。

小賢しそうな目が、細いフレームの眼鏡の奥から、桂介を見つめている。

桂介は対局が途中で止まったままの将棋盤を見た。桂介に勝負を挑んできた上級生が指していたものだ。矢倉の、中盤だった。桂介の得意戦法のひとつだ。

少し考えてから、桂介は椅子に戻り腰を下ろした。

「お願いします」

眼鏡に向かって、頭を下げる。

にわかに部室のなかが活気づいた。思いがけず飛び込んできた余興に、喜んでいるのだろう。眼鏡の後輩らしきふたりが、急いで準備を整えはじめた。

後輩が準備をする横で、デニムのシャツを着た青年が、眼鏡の耳元に口を寄せた。

「手加減しろよ」

新入生に聞こえないよう言ったつもりなのだろうが、よく通る声は桂介の耳にしっかりと届いていた。

準備が整い、双方が駒を並べる。眼鏡は当然のように、「王将」を取った。

「俺は、理学部三年の藤沢《ふじさわ》。君は」

藤沢が訊ねる。

「文二に入った上条《かみじょう》です」

「出身は」

「長野です」

「長野のどこ」

「諏訪市です」

どうでもいい会話を続けながら、藤沢は駒をひとつずつ、小気味いい音を立てて盤上に打ちつけていく。堂に入った指捌《ゆびさば》きだった。四段、もしかしたら五段くらいあるのかもしれない。

藤沢は左側から交互に金銀桂香を打ちつけ、角と飛車を置いたのち、歩を中央から順に左右左と並べた。大橋流の作法だ。

桂介は駒音を立てず、静かに駒を並べた。最後に香車と飛車角を置く伊藤流だった。大橋流は歩を最後に並べるため、途中で飛車、角、香車が敵陣を直射する形になる。これは相手に失礼にあたるということで考え出されたのが伊藤流だ。

桂介が駒を並べはじめると、部員たちの顔色が変わった。ど素人が伊藤流を知っているはずがない。最低でも二、三段クラスの実力はあると踏んだのだろう。

ふたりが向かい合っている机の横に、デニムシャツが椅子を持ってきて座った。持ち時間を計るためのタイマーを机に置く。藤沢の歩を五枚手にして、ふたりの顔を交互に見た。「歩」と書かれた表が三枚以上出れば、藤沢の先手、「と」と書かれた裏が三枚以上出れば、桂介の先手となる。

先手を決める儀式をはじめようとするデニムシャツを、藤沢が手で制した。

「先手は彼でいいよ。お客様は丁重に扱わないとね」

一般的には、先手が有利といわれている。桂介を見下したというより、あくまで上手であるはずの自分の威厳を保ちたいのだろう。

デニムシャツは桂介の顔を見た。返答を待っている。桂介は好意を素直に受け取った。

「じゃあ、お言葉に甘えて」

デニムシャツが藤沢の歩をもとに戻すのを待って、桂介はすっと背を伸ばした。

人差し指と中指の指先に駒を挟み、盤上に打ち付ける。

桂介が駒を盤上に置いた瞬間、部屋の空気がぴんと張りつめた。自分でもはっとするほど、美しい駒音が響いた。

急戦の力将棋では万が一があると考えたのか、藤沢は四間飛車の持久戦を選び、慎重に駒組みを進めていく。が、桂介はそれでも、急戦の棒銀で挑んだ。攻めを受け切られ捌き合いになれば、玉の囲いが薄い分だけ不利だが、主導権は持てる。

桂介は攻めて攻めて、攻め抜いた。

終盤は一手一手の攻防が続いたが、常に桂介は相手の先を行き、なんとか逆転を許さなかった。接戦を読み切った、辛勝だった。

盤上を見つめる藤沢の顔は、引《ひ》き攣《つ》っていた。立ち会い役のデニムシャツも、腕を組んでひどく険しい表情をしている。勝負の行方を見つめている他の部員たちも、黙り込んだままだ。

デニムシャツが、藤沢の顔色を窺いながら、後手の持ち時間を読み上げる。

「十秒――二十秒、一、二、三……」

自分の持ち時間があと三秒で尽きるというとき、藤沢は駒台に右手を置いた。投了のサインだ。唇を震わせて言う。

「これは――」

負けました、とは言いたくないのだろう。言葉が喉に張りついたように、その先が出てこない。

上手であるはずの上級生が新入生に、それもなんの実績も持たない一年生に負けた。茫然自失した藤沢の顔からは、ショックの色が隠せない。部員たちも、かける言葉が見つからないようだった。

東大の将棋部は日本でも屈指の学生将棋サークルだ。大学日本一はもとより、学生名人も過去に何人も輩出している。上級生のほとんどは四、五段クラスと聞く。

にもかかわらず桂介は、さほどの手応えを感じなかった。指し手は理路整然としているが、将棋を頭脳ゲームのひとつとしか考えていないような指し回し――自分が雑誌や本で読んできたプロとは、根本的に将棋の質が違う気がした。

桂介は満たされない気持ちを抱いたまま、静かに椅子から立ち上がった。

「ありがとうございました」

部室にいる者たちに頭を下げる。

返事をする者はいない。誰もが戸惑いの色を顔に浮かべながら、勝者を見つめている。桂介に声をかけないのは、負けた藤沢に気を遣ってのことかもしれないし、プライドが邪魔してのことかもしれない。どちらにせよ、長居は無用だ。

桂介は踵を返すと、部室をあとにした。

東大の将棋サークルでの出来事を思い出しながら、桂介は道場内を見渡した。

道場にいる誰もが、怖い目で盤上を見据えている。ここに、大学の将棋部にいたような、ゲーム感覚で指している者はいない。みな、真剣だ。

桂介の胸に、唐沢《からさわ》と将棋を指した日々が蘇る。唐沢はまだ弱い桂介に、駒落ちというハンデこそつけたが、勝負はいつも真剣だった。桂介が少しでも気を抜こうものなら、厳しく叱った。勝負事は常に真剣でなければいけない。それが将棋への、戦う相手への礼儀だ、と桂介に教えた。

唐沢と将棋を指したときの、緊張感。ひりひりとした胸の高揚感が道場にはあった。

桂介の名前は、しばらく呼ばれなかった。ちょうどいい手合いが見つからないのだろう。受付近くで待っている男たちが先に呼ばれていく。十分近く経ったとき、横森が受付から声を張った。

「カンちゃん。あとどのくらいかかる」

カンちゃんと呼ばれた男は、盤上に落としていた顔をあげると、横森に負けないくらいの大声で答えた。

「あと、八手で詰む！」

カンちゃんと指していた男が、怒声にも似た声を張り上げた。

「なんだと、この野郎。舐めやがって！」

カンちゃんは盤上の駒を手早く動かすと、対局している相手を見た。男が悔しそうに項垂れる。どうやら、さっさと駒を動かして、宣言したとおり八手で詰んだらしい。

対局が終わると、カンちゃんが受付まで来た。手にしていたカードを二枚、受付に置く。どうやら、勝ったほうを上にして受付に返すシステムらしい。名前は幹本寛治《みきもとかんじ》、三段とある。見ると、三連勝の白丸が押してあった。これで四連勝ということだ。

壁に貼られている規定によると、五連勝になると連勝券を一枚もらえる。それを三枚溜めると、一回、席料が無料《ただ》になるシステムだった。

「今日は、歯応えのあるやつがいねえな。どいつもこいつも、格下ばっかりだ」

「そうかい。じゃあ、五連勝目は面白い手合いをつけるよ。初顔だ。噛み応えを試してみな」

横森が桂介の名前を呼ぶ。

「上条さん。こちらの幹本さんと平手、振り駒で」

幹本が自分と桂介の二枚のカードを受け取った。桂介のカードを確認しながら言う。

「いいのかい。相手、初段だぜ」

三段の自分とは勝負にならない、と言いたいのだろう。

「本当の実力はわかんねえよ。なにせ、東大の学生さんだからな」

横森はそう言うと、薄く口角をあげた。

幹本は、ふうん、と鼻を鳴らすと、桂介に向かって顎をしゃくった。

「ほら、学生さん。こっちだ」

幹本は空いている席へ向かう。あとに、桂介も続いた。

窓際の席につくと、幹本は置かれたままの駒を盤上に並べはじめた。盤の厚みは三センチもないが、木製の一枚板だ。駒はプラスチックで、盤同様、手垢に塗《まみ》れ黒ずんでいる。

「横森さんには悪いが、さっさと終わらせて連勝券をいただくぜ。あと一枚で席料が無料になるんだ」

長袖シャツの袖を捲りながら、幹本は舌なめずりをした。

桂介は相手に合わせ、あえて作法を無視して駒を並べた。こんなところで作法をひけらかすのは、嫌味というものだろう。

手を動かしながら、幹本を観察する。

日焼けした健康そうな肌から、一見、三十代のように思えるが、近くで見ると頬骨のあたりにシミが浮いている。目尻の皺も思いのほか深い。おそらく、四十は過ぎているはずだ。

無造作に駒を配置し終えると、幹本は腕を組んだ。

「野球で言うなら、この道場はお前にとっちゃビジターだ。そっちが先手でいいよ」

先手を決める振り駒の手間すら面倒なのだろう。

「ありがとうございます」

幹本の申し出を素直に受けると、桂介は自分の駒に手を伸ばした。

道場の常連だけあり、幹本は実戦派の力将棋が得意なようだった。

定跡に囚《とら》われることなく、序盤から空中戦を仕掛けてくる。飛車角の大駒同士がぶつかり、中盤をすっ飛ばして一気に終盤へ持ち込もうとした。互いに王様を囲っている暇はなく、居玉のまま将棋が進んだ。

幹本が飛車を取った瞬間、桂介は手裏剣を放った。▲5二歩と、相手の王の頭に歩を叩いたのだ。取れば、飛車を取り返したあとの王手角取りが先手になる。どこに逃げても、飛車の打ち込みの隙が生じる寸法だ。この手を入れておかないと、先に攻められ後手後手に回ってしまう。

幹本は迷ったすえ、怒ったように歩を毟《むし》り取った。口に咥えた煙草に、火をつける余裕はないようだ。

桂介はじっと飛車を取り返す。王手角取りを防ぐ手段はいろいろあるが、最善は△3三角とひとつ上がって、桂馬のひもをつける手だ。それなら、飛車打ちの隙はない。が、幹本は☖7七角成と銀を取って王手に出た。一気に攻め潰そうという狙いだ。

桂介は当然の☗同桂。続く☖8九飛打に、☗7九飛と合わせる。敵は取るよりなく、☗同金引で自陣の瑕《きず》が消える形に持ち込んだ。

角と銀の交換——駒得《こまどく》の将棋はじっくり指せば、どんどん形勢が優位に傾く。しかし桂介は、攻め合いに出た。緩い手は絶対に指さない。それが桂介の棋風の原点だ。

——緩手《かんしゅ》は最大の敵だ。

安全な手を指そうとすると、唐沢は穏やかな顔に似つかわしくない大声で、叱声を飛ばした。温厚な性格からは考えられないほど、声に怒気が滲んでいた。弱気になるたびに何度も何度も、同じ叱声を浴びた。

相手にとって一番厳しい手はなにか。

唐沢から叱られるたびに、桂介はそれを考えるようになった。

同じ勝ちでも、安全な指し回しを続けて相手を指し切りに導くような、温《ぬる》い勝ち方はしたくない。じわじわと体力を消耗させていたぶるような戦いは、性分に合わない。肉を斬らせて骨を断つのが、勝負の基本だと考えていた。

次に相手の王を詰ます「詰めろ」を、桂介はかけ続けた。

攻撃は最大の防御だ。自玉の詰みを消すため、幹本は防戦一方に陥った。

五十九手目、桂介の放った☗7五香で、ついに「必至」がかかった。

次はどうやっても詰む局面を必至と呼ぶが、必至をかけられた相手は、王手をかけ続けるしかない。

盤面を睨んでいた幹本は、額に脂汗を浮かべ、煙草を忙《せわ》しなくふかした。しわぶきをひとつくれ、喉に詰まった痰を灰皿に吐き出すと、幹本は持ち駒すべてを投入してヤケクソの王手をかけ続けた。王手はすべて無駄打ちで、玉や金銀でなんなく取れる駒ばかりだった。

持ち駒が尽きると、幹本は盤上の駒をぐしゃぐしゃと手で払う。

それが幹本の、投了のサインだった。

桂介は軽く頭を下げた。

「どうも――」

ありがとうございました、と言う前に、幹本が恐ろしい顔で椅子から立ち上がり、受付に向かって叫んだ。

「おい、横森さん！　なんの嫌がらせだよ！」

受付で書き物をしていた横森が、顔をあげた。

「なんだね」

幹本は桂介を指さし、噛みつくように声を荒らげた。

「こいつだよ！　なにが初段だ。俺より強えじゃねえか！」

対局していた客の手が、一斉に止まる。道場のなかが、しんと静まり返った。道場にいる者たちの目が桂介に注がれる。

横森は手にしていたペンを机に置くと、桂介たちの長机にやってきた。後ろから矢口もついてくる。

「上条くん、感想戦はできるかい？」

横森が盤面を覗き込みながら言う。盤上の駒はぐしゃぐしゃになったままだ。

感想戦というのは対局が終わったあと、初手に戻って投了まで指し手を進め、手の善悪や作戦の是非を検討するものだ。プロはもちろん、二、三段クラスのアマチュア上位者なら、指したばかりの将棋の棋譜はほぼ記憶している。桂介は小学生のころから、感想戦の重要性を唐沢に徹底的に叩き込まれた。棋力向上の最大の近道だ、と教わっていた。

「はい。大丈夫だと思います」

「カンちゃんは、並べられるよな」

幹本は、ああ、とぶっきらぼうに答えた。

「けど、並べるだけだぜ。四の五の御託は、聞きたくねえからな」

そう言うと、火のついていない煙草を口に咥え、口先で上下させる。あからさまに、不承不承という表情だ。

手早く駒を所定の位置に並べ合い、初手から互いに指し手を再現する。幹本の記憶が曖昧なところは、桂介が口で指し手を指摘して棋譜を補った。

投了図まで再現し終わると、横森が感心したように息を漏らした。取れる飛車をすぐに取らず、いったん☗5二歩——と、王手をかけた桂介の手で、ほう、と横森が感心したように息を漏らした。

「なるほど。たしかにカンちゃんの言うとおりだな。上条くんの腕は、なかなかのものだ。矢口くん、どのくらいありそうかね」

矢口は顎に手を当て、少し間を置いて言った。

「そうですね。最低、うちでも四段はありそうです。甘い道場なら、五段もあるかもしれません」

矢口の見立てに横森が同意する。

「うちはほかより段級が辛いからなあ。まあ、そのくらいの実力はあるだろう」

横森は桂介を見やった。

「上条くん、将棋部には入ってるの」

桂介は首を振った。

「バイトが忙しくて、部活をする時間はありません」

連勝券を逃したのが悔しいのか、幹本は横森に食ってかかった。

「おいおい。四段なら俺より上じゃねえか。とりあえず初段って言われたし、この道場もはじめてだから、俺ァ先手を譲ったんだ。いんちきだろ、こんなの」

横森が宥めるように、手を幹本の肩に置いた。

「まあまあ。この対局はなかったことにするよ。カンちゃんは四連勝のままだ」

幹本は安心したように息を吐くと、当然だと言わんばかりに肯いた。

「ところで――」

横森が桂介に視線を向けた。

「将棋はどこで教わったの。奨励会を受けたことはあるのかい」

桂介は口を開きかけ、思い直して噤《つぐ》んだ。

奨励会は諦める、と桂介が口にしたときの、唐沢の顔が頭に浮かぶ。

唐沢は奨励会へ進むことを勧めてくれたのに、自分はその道を捨てた。捨てた理由を説明するには、自分の生い立ちを語らなければならない。父親と故郷――自ら捨てたものを、いまさら思い出したくはなかった。

押し黙る桂介を見て横森はなにかを感じとったのか、まあいいんだけど、と取り繕うようにつぶやいた。

桂介は椅子から立ち上がると、小さく頭を下げた。

「楽しかったです。ありがとうございました」

桂介は椅子の下に置いたカバンを手に取った。すぐに帰る気はなかったが、とりあえずこの場を離れるつもりだった。

そのとき、受付で待つ客から声があがった。

「おーい。席主」

客は、対戦票をひらひらと振る。

「判子を頼むよ」

いつの間にか、対局を終えた客が、判子を貰うために列をなしていた。

「はいはい。いま行くよ」

横森はそう言うと、桂介と幹本の対戦票を手にして、受付に向かった。その後ろ姿に、幹本が声をかける。

「横森さん」

「なんだい」

横森が振り返った。

「俺とこっちのあんちゃんは休憩だ。他の手合いをつけないでくれ。さしで勝負する」

横森が怪訝な目を幹本に向けた。

「最初から四段とわかってりゃァ、こっちにも指し方がある。言っちゃァなんだが、さっきのは騙し討ちにあったようなもんだ。今度は振り駒で正々堂々と戦う。このままじゃあ、俺の気が収まらねえ」

理屈は通っている、と思ったのか、横森は軽く肯いて桂介を見た。

「上条くんさえよければ、こっちは別にかまわんが」

どうする——といった目で、横森が桂介の表情を窺う。

幹本の将棋は、荒っぽいが切れ味の鋭い将棋だった。気を抜かず最初から真剣勝負に徹すればどんな将棋を指すのか、興味はある。

桂介は、一度上げた尻を、椅子に戻した。

「よろしくお願いします」

「よし！」

幹本は気合を入れると、鼻息を荒くして駒を並べはじめた。玉を取り、自陣に置く。桂介を自分より上段者と認めた証だ。

幹本の先手ではじまった二局目は、双方、飛車先を伸ばして角道を止め、矢倉模様へ進んだ。

金銀三枚で玉を固め、がっぷり組み合う矢倉は、もっとも歴史ある本格的戦法のひとつで、その格調の高さと正統性から、将棋の純文学とも呼ばれる。戦術も多岐にわたり、本当の実力を測るには、持って来いの戦法といえた。

手順通りに駒組みを進めた桂介は、幹本の☗4六歩を見て、盤上を凝視した。矢倉では通常、☗5六歩と5筋の歩を突く。6八に角を引いたとき、角道が通るからだ。

矢倉と見せかけて飛車を振るつもりか。

桂介は角を引いて様子を見た。

幹本は居玉のまま☗4七銀とあがり、桂馬を跳ねる。

桂介は角をひとつあがり、矢倉囲いを完成すべく王を寄った。

幹本は玉を摘まみ、二、三度空打ちをくれると、駒音高く4八に打ちつけた。

右玉——

桂介の息が、一瞬止まる。

居飛車の場合、普通は左側に玉を移す。玉飛接近すべからず、で王将と飛車が近づくのは悪形とされるからだ。しかしこのあと、飛車を引いて一段目に利かせれば、角交換になった場合の角打ちの瑕が消え、飛車の移動は自由になる。相手が矢倉の場合、相手の守備側に王将を囲うため、攻撃陣から遠ざかる利点もある。

桂介は大きく息を吐いた。

右玉戦法の存在は知っている。だが、実戦の経験はない。攻めも受けも、未知の戦法だ。

幹本は煙草を咥え火をつけると、上目遣いに桂介を睨んだ。

唇を歪めるように、右の口角を引き上げる。

——どうだ、小僧。

顔全体でそう言っている。得意戦法なのだ。

桂介は一手一手、慎重に手を進めた。

四十三手目、桂介は先手の☗９九飛を見て、決定的な見落としに気づいた。次に☗９五歩と突かれると、自陣の端が受からない。敵が☗９八香とあがったのは手待ちではなく、この地下鉄飛車を狙っていたのだ。

頭が白くなる。

こんな単純な手を見落とすなんて――

将棋を指していて自分を呪いたくなったのは、小学生のとき以来だった。

攻め手を探るが、どう手を尽くしても無理攻めにしかならない。持久戦ではたいてい、無理に攻めたほうが敗勢になる。しかしこのままでは、一方的に攻められてジリ貧になるばかりだ。

こめかみを汗が伝った。

桂介は静かに息を吐き、４二の角を5三にあがった。将来、１五から玉側の端を攻める狙いだ。

9筋を破られた桂介は、４二に飛車を移し、４筋と3筋、そして狙いの1筋から逆襲に出た。玉頭戦に持ち込み、細かい手を繰り出しながら攻めを繋げていく。

終盤、☗５三との飛車取りにかまわず、☖６七歩と叩いた手が詰めろ。☗同金に☖５八角と絡み、寄り形に持ち込んだ。敵は金を引くか、駒を足して受けるかのどちらかしかない。

どちらの手でも、玉頭に利かせる☖4五桂打で、勝負になると読んでいた。

幹本は唸り声をあげ、受けを続けた。

持ち駒の金銀を自陣に打ち付け、受け切りを狙う。

桂介はそこで☖4六飛と浮き、飛車取りを逃れた。

幹本が、あっ、と声をあげる。

金駒を手放した先手に、もはや早い攻めはない。

九十五手目、と金に挟み撃ちにされた幹本が、2八の玉を摘まみ、本来、移動できないはずの5九にワープさせた。完全な反則手だ。

桂介は啞然とした。

幹本が、駒を所定の位置に並べながら叫ぶ。

「もう一番だ！」

この将棋は投了した、ということか。幹本が同意を待たずに続ける。

「ただし、真剣でいこうや。俺ァ真剣じゃねえと、力が出せねえんだ」

真剣――？

これまでは真剣ではなかったということか。少なくとも、自分は真剣に指していたつもりだが。

桂介は意味がわからず、眉根を寄せた。

「やめとけ、やめとけ」

突然、斜め前方から男の声が聞こえた。見ると、短髪の中年男が、顎に手を当て含み笑いを漏らしている。

「何度やっても同じだよ。あんたと坊やじゃ、腕が違いすぎる」

低く掠れていて聞き取りづらいが、不思議とよく通る声だった。

幹本は後方を振り返ると同時に、怒鳴り声をあげた。

「なんだと、もう一遍——」

言ってみやがれ、と言いたかったのだろうが、男を認めた幹本は、驚いたように言葉を呑み込んだ。

「東明《とうみょう》さん……」

そう言ったきり、呆然と男を見上げている。

東明と呼ばれた男は、黒いダボシャツにグレーのズボンを穿《は》いていた。短い髪は、自分で切ったかのように、毛先がばらばらだ。手に持ったカップ酒をぐびりと飲んで、盛大なゲップをくれる。

「あんた、いつ東京へ戻ってきたんだ」

幹本は厄介な人間と出会ったとでもいう顔で、ぼそりと言った。

「一昨日、帰ってきた」

東明は幹本の肩を軽く叩くと、空いている隣の席に腰を下ろした。

「二年前に関東のヤクザと揉めて、所払いになったって聞いていたけど」

幹本は東明から顔を背け、煙草を取り出した。

「まあな」

言いながら、東明は幹本が手にした煙草をひょいと掠め取る。火を催促するように、顔を近づけた。

渋々といった態で、幹本が百円ライターで火をつける。

美味そうにニコチンを吸い込み、東明は大きく煙を吐き出した。

「いろいろあってな、大阪にいづらくなってよ」

東明は目を細め、宙を睨むように、残りのカップ酒を飲み干した。

東明重慶《しげよし》――賭け将棋で飯を食う「真剣師」のなかで歴代最強と謳われ、「鬼殺しのジユウケイ」の二つ名を持つ男だ。

「ところでよ、カンちゃん」

東明が幹本の肩を抱くように手を回した。

「前に俺と、遊びで〝真剣〟指したことあったよな」

幹本は小さく舌打ちすると、東明の手を外すように身体を捻った。

「王将でか……ああ、あったな」

苦いものでも飲み込むような顔で、唇を歪める。王将というのは、あとで知ったがこの道場の近くにある将棋酒場の名前だった。

煙草を灰皿で揉み消しながら、東明が低い声で言った。

「あのとき貸しにしといた三千円――」

右手を開いて幹本の顔の前に突き出す。

幹本は顔を背け、あからさまな舌打ちをくれた。

「あんた、そのためにわざわざ来たのかい」

東明は口角をあげ、含み笑いを漏らした。

「ああ。この時間につかまるのは、お前《めえ》くれえのもんだからな」

幹本は諦めたように息を吐くと、尻ポケットから財布を取り出した。

指を嘗め、札を数える。名残惜しそうに千円札を三枚取り出し、東明に渡した。

札を受け取った東明は、そのまま無造作に、金をズボンのポケットに入れた。用は終わった、という顔で立ち上がる。

「これから、指すのかい。ここで」

早く厄介払いしたいが、儀礼上、一応声をかけた、といった態で、幹本が言った。

ふっ、と目を細め、東明が応えた。

「指してくれるのか、俺と」

余計なことを言ってしまった、という表情で幹本が視線を落とす。

「俺が真剣以外、指さねえのは知ってるだろ」

幹本は、ああ、と小さくつぶやいて顔を背けた。

東明は無言で踵を返し、立ち去ろうとした。

「あの……」

気がつけば、声が出ていた。

「東明さんて、元アマ名人の東明重慶さんですか」

顔を見ただけでは気づかなかったが、東明という珍しい名前にはどこかで聞き覚えがあった。幹本とのやり取りから窺える、将棋が強い、というイメージと苗字が、やっと一致する。

昔、唐沢から見せてもらった将棋雑誌に、東明が載っていた。当時、掲載されていた写真よりも歳は重ねているが、たしかに本人だった。

桂介の問い掛けに、東明が振り向く。

「ほう。若《わけ》えのに俺のこと、知ってんのか」

「以前、将棋雑誌で見ました。初手で端歩を突いた棋譜は、いまでも覚えてます」

東明は少し驚いた顔で、桂介を見た。面白そうな顔で近づき、席に腰を戻す。

「お前、そのころ小学生だろ。さっき席主に聞いたぜ、カンちゃんが指してる相手は、東大の学生だ、ってな」

幹本が足を投げ出し、面白くなさそうな顔で口を挟んだ。

「棋譜を覚えてる？　将棋を覚えてる、の間違いだろ。いまから何年も前に見た棋譜を、それも小学生が覚えてるわけがあるか。坊主、いい加減なこと言うんじゃねえよ」

桂介はむっとした。礼儀がなっていない将棋の指し方にも反発を覚えたが、いい加減、と誹《そし》られたことで、頭のなかのなにかが切れた。

「嘘じゃありません」

自分でも驚くほど、険しい声が出た。

瞑目し、記憶の底から棋譜を取り出す。早口で読み上げた。

――☗1六歩、☖3四歩、☗2六歩、☖8四歩、☗4八銀、☖4二銀……。

三十手くらい読み上げたところで、幹本が音《ね》をあげた。

「もう、いい。わかったよ、坊主」

目を開けると同時に、東明が大声で笑った。

「こいつは凄《すげ》え。小学生で棋譜を丸覚えできるとはなあ」

意外だった。将棋の上級者は誰でもできるものと思っていた。自分の記憶力が人と違うと知ったのは、あとになってからだ。

笑いが収まると東明は、真顔に戻って桂介に訊いた。

「坊主。いま、いくら持ってる」

意味が摑めず、桂介は戸惑った。財布のなかには五千円札が一枚残っていたはずだ。ポケットの小銭と合わせれば、六千円くらいはある。

もしかして――

桂介は思った。

東明は真剣しか指さない、と言った。真剣という言葉が、賭け将棋のことを意味しているのは、桂介にもなんとなくわかった。

――真剣を指してみたい。

桂介はごくりと唾を呑んだ。

「いくらあれば、東明さんと指してもらえるんですか」

「俺ァ、いくら持ってるか、って訊いてんだ」

「五千円、いや六千円くらいはあります。いまは、それしか持っていません」

東明は頰を緩めると、よし、と声を張った。

「俺についてきな」

ここで指すのではないのか。

行き先を訊ねようとしたが、すでに東明は出口に向かって歩きはじめていた。

桂介はカバンを手に取ると、急いであとを追った。


坂部将棋道場を出た東明は、裏道の奥に向かって歩いた。ときどき振り返り、桂介がついてきているか確認する。

道場から五分ほど歩いたところで、足を止めた。

「ここだ」

東明が顎をしゃくった。

その先に目をやると、雑居ビルが林立する路上の隅に、小さな置き看板があった。王将、とある。

横に、地下へ続く階段があった。通路は薄暗く、奥の様子はわからない。はじめての者がふらりと立ち寄れる雰囲気ではない。

東明は階段を、慣れた足取りで下りていった。

通路の突き当たりにある木製の古いドアを開ける。軽いベルの音がした。

なかは酒場だった。学校の教室半分ほどの広さで、入り口の側にカウンター、細い通路を挟んだ反対側に、畳の小上がりがあった。カウンターの奥の棚には、ボトルがずらりと並んでいる。満席でも二十人も入れるかどうかわからない、狭い店だ。

つめた。


「いらっしゃい」

カウンターの奥で洗い物をしていた男が顔をあげた。男は東明を、唖然とした表情で見つめた。

口を開けたままの男に、東明は声をかけた。

「よお、マスター。まだくたばってなかったか」

マスターと呼ばれた男は、我に返ったように半開きにしていた口を閉じると、口角をあげた。

「それはこっちのセリフだ。お前《めえ》さんのほうこそ、とっくに東京湾に沈められてると思ってたぜ」

「変わってねえな。あいかわらずの憎まれ口だ」

東明が面白そうに、声に出して笑う。

「お前に言われたかァねえや」

男も、乾いた笑い声で応じた。

歳のころは四十代後半、東明と同じくらいか。グレーのシャツに黒いチノパンという軽装は、店を切り盛りしているマスターというより、常連客のように見える。

東明はカウンターの一番奥の席に座ると、突っ立ったままの桂介を見やり、自分の隣の席を手で叩いた。

「ぼさっと突っ立ってねえで、ここへ座れ」

言われて急いで、隣に腰かける。

マスターが差し出すおしぼりを受け取りながら、さりげなく店内を窺った。

四畳半ほどの小上がりには、小さめの座卓が四つ置かれている。それぞれの卓の上には、将棋盤があった。座敷の隅の床の間には、王将、と書かれた大きな将棋の駒が飾られている。

東明はおしぼりで手を拭くと、シャツの胸ポケットから煙草を取り出した。

「客は俺たちだけかよ。しけてんなあ」

マスターはむっとした表情で、東明を睨みつけた。

「まだ口開けだよ。こんな時間から来る客なんてよほどの暇人か、お前みてえな、ツケも払わねえ〝仕事師〟ぐれえさ」

仕事師というのは、本来、イカサマ師くらいの意味だと、のちに、マスターの穂高《ほだか》は教えてくれた。賭け将棋で飯を食う真剣師のことを、この酒場ではそう呼んでいるらしい。

東明が、さも可笑しそうに笑った。

「まあ、そう言うなって。そのツケを、今日は払うつもりで来たんだからよ」

東明を見る穂高の表情が、わずかに和らぐ。カウンターの隅から、いそいそと灰皿を差し出した。

「いつ、帰《けえ》ってきたんだ」

「一昨日だ」

穂高は店のドアに目をやりながら、声を潜めた。

「稲田《いなだ》会のほうは大丈夫なのか」

東明は苦笑いを浮かべ、咥えた煙草に火をつけた。

「とりあえず、ビール」

穂高は、桂介を見ながら東明に訊ねた。

「コップはひとつかい、ふたつかい」

東明は手を挙げて、指を二本立てた。

桂介は慌てて断ろうとしたが、東明の、黙ってろ、という視線を感じ、開きかけた口を閉ざした。

穂高はカウンターに、冷蔵庫から取り出した瓶ビールとコップを置いた。

「まだ、若そうだが、未成年じゃねえよな」

東明は、ふん、と鼻から小馬鹿にしたような息を漏らした。

「そんなこと気にする柄じゃねえだろ。銭になるなら、高校生にだって酒を出す店だと聞いてるぜ、ここは」

「おいおい。人聞きの悪いこと言うんじゃねえよ。俺ァ昔から、風営法だけは、守って商た。


売してるんだ」

「賭け事には目を瞑ってか」

面白そうに東明が被せる。

穂高は肩を竦めると、それ以上なにも言わず、小皿に盛った柿の種をカウンターに置い
た。

紫煙を吐き出しながら東明が言った。

「心配すんな。こいつは高校生じゃねえ、大学生だ。それも東大のな」

「東大？」

まさかという表情で、穂高が桂介に視線を向けた。

「東大の学生さんが、なんで重慶なんかと一緒にいるの」

どう説明しようか。桂介が迷っていると、隣で東明が、冗談めかしに食ってかかった。

「なんか——は、ねえだろ、なんかは。それこそ、お前《めえ》なんかに言われたかァねえよ」

仲のいい兄弟喧嘩を見ているようだ。

「天下の東大生と、ヤサグレの仕事師じゃ、釣り合わねえだろうが。いくら元アマ名人でもよ」

東明がにやりと笑った。

「それを言うなら、お前も似たり寄ったりだろう。一流企業の管理職だった男が脱サラし

て、いまじゃあ明日にでもつぶれそうな将棋酒場のマスターだ。いくら元・都代表でもよ」

都代表──東京都の代表で全国大会に出た、ということか。

急いで記憶の底を探る。

いつか読んだ将棋雑誌で、居飛車穴熊《イビアナ》の穂高、という名前を見た覚えがあった。当時珍しかった居飛車穴熊一本で、全国大会の決勝まで勝ち進み、アマチュア棋界で一世を風靡《ふうび》した。名前はたしか穂高篤郎《あつろう》、アマ五段の腕前だったはずだ。

穂高は東明を無視して、再び桂介に視線を向けた。

「重慶とは付き合い長いの？」

桂介は首を振った。

「ついいましがた、会ったばかりです」

桂介はここにいる経緯を、簡単に説明した。

話を聞いた穂高は、腕を組むと呆れたように溜め息を吐いた。

「そうだったのか。お前さん、よく、こんな男について来る気になったな」

──どうしても、東明と指してみたかった。

そう言おうと思ったが、桂介は口を閉ざした。自分はなんの棋歴も持たない無名の素人だ。アマ名人を二度取った男に挑みたいという口上は、我ながら傲慢に感じられた。

穂高は桂介から東明に、視線を移した。

「それにしても、生死すらわからねえ仕事師が二年ぶりに現れたんだ。横森さんもさぞ驚いただろう」

東明は手酌でコップにビールを注ぐと、一気に飲み干し、にやりと笑った。

「横森のじいさんより、幹本のカンちゃんのほうが泡を食らってたぜ。詰めなくて済んだと思ってた借金の取り立てが、いきなり現れたんだからな」

穂高は厄介な揉め事を抱え込んだかのように、眉を顰《しか》めた。

「カンちゃんだけじゃねえよ。お前《めえ》が帰《けえ》ってきたって聞けば、懐具合を心配しなきゃいけなくなるやつは、ごまんといるだろうからよ。ショウさんとか、ケン坊とかさ」

東明は煙草の煙を天井に向かって、盛大に吐き出した。

「ああ、近いうちにやつらが顔を出しそうな道場や店に出向くつもりだ。貸しはしっかり返してもらう。びた一文まけねえ」

東明がのちに語ったところによると、素人と遊びで指した真剣の貸しが、このとき、なんだかんだで六万近くあったらしい。真剣師同士の勝負は、最低でも一局十万、大きな勝負になると百万を超えることも珍しくないという。

穂高はカウンターの後ろにある戸棚から、ナッツの袋を出して皿に空けると、東明と桂介のあいだに置いた。

「お前《めえ》にとって将棋は、遊びで指しても遊びじゃねえからな。いくら相手が素人でも、びた一文まけねえのは当然だろうよ。だがな——」

穂高はそこまで言うと、東明に顔をずいと近づけた。

「それを言うなら、こっちも同じだ。遊びで店をやってるわけじゃない。お前が溜めたツケは、しっかり払ってもらうよ」

東明はしつこいとでも言うように、煙草を持った手を顔の前で振った。

「わかってるよ。だから、こうしてここに来たんじゃねえか」

穂高は戸棚の引き出しからノートを取り出し、ページを開いた。なかを確認し、肯く。おそらく客のツケがメモされているのだろう。

「締めて十万千百八十円だ。まっ、千百八十円はまけてやる。十万でいい」

「そんなもんか。俺ァ、もっとあるかと思ってたぜ」

「うちはボトル一本四千円の、良心的な店だぜ。十万も溜めたのは、お前がはじめてだ」

東明が口のなかで、くぐもった笑い声をあげた。

「まっ、金がありゃァ、こんなしけた店に来ねえからな」

「ああ。たしかにお前は、金がありゃァうちに来ねえからな」

穂高が東明の言葉を模して吐き捨てる。

東明が声に出して笑った。

「なんにせよ、借金《おあし》はしっかり詰める。真剣の勝ち分でな」

「勝ち分？」

穂高が怪訝な顔をする。

「あんたと将棋を指すやつが、まだこの界隈にいるのかい」

東明はなにかを企んでいるような顔をした。

「当てはある。ただ――」

「なんだよ」

「お前に繋ぎを頼みたい」

穂高は眉間に皺を寄せて、首を横に振った。

「鬼殺しのジュウケイと指すやつなんざ、このあたりにはもういねえよ。負けるとわかっている勝負に挑むやつが、どこにいるってんだ」

第一――そう言って穂高は東明に背を向け、グラスが並んでいる棚の扉を開けた。

「なんで俺がそんな面倒事、引き受けなきゃいけねえんだよ」

穂高は棚に並んでいるグラスをひとつ取り出すと、布巾で丁寧に磨きはじめた。背中に怒気が滲み出ている。

沈黙が漂い、店に気まずい空気が流れた。

東明がぼそりと言う。

「青森の鉈《なた》割り元治《もとじ》——知ってるだろ」

穂高の肩がぴくりと震える。背を向けたまま言った。

「将棋絡みで飯を食ってて、兼埼《かねさき》元治を知らないやつァ、いねえだろ」

兼埼元治——名前に記憶はなかった。将棋に関わる仕事で生活している人間にとっては有名な人物のようだ。桂介は黙って成り行きを見守った。

穂高がグラスを手にしたまま、振り返って続ける。

「でも鉈割り元治は、引退したんじゃなかったか」

「ああ。三年前にな」

東明が煙草を燻《くゆ》らしながら肯く。

「肝臓を駄目にして、いっとき、生死の境を彷徨ったらしい」

「で——その鉈割りが、どうしたって言うんだ」

「復活して、真剣の相手を探してる」

グラスを磨いていた手を止め、穂高が顔を上げた。

「病気が治ったのか」

「いや」

東明は軽く首を振った。

「もともと、治るような病気じゃねえそうだ」

穂高が眉根を寄せた。

「死にぞこないの病人が、真剣を指すのか」

「死に花ァ、咲かせてえんだろ」

穂高が目を伏せる。

東明は短くなった煙草を灰皿で揉み消した。グラスに残ったビールを飲み干し、ゲップを漏らしながら言う。

「一局、百万。七番勝負だそうだ」

穂高が目を丸くし、溜め息を吐いた。

「棒に負けたら、七百万出ていくのか……」

「いや、違う」

東明は唇についたビールの泡を、舌で舐めとった。

「全部勝ちゃァ、七百入ってくる」

何かを思い出したように、穂高がいきなり声のトーンを上げた。

「ちょっと待て。元治の真剣はたしか、帳面じゃなかったよな」

「ああ。一番ごとの現金清算だ。それも、勝負の前に見せ金がいる」

穂高は唸った。

「最低百万か……。そんな大金、お前、用意できるのか」

「できねえよ」

東明は即座に答えた。

「だからお前に、頼みがあるんじゃねえか」

一瞬驚いたような顔をしたが、穂高はすぐに鼻から息を抜きながら、くくっ――と喉を震わせた。

「よせよ。俺にそんな遊んでる金、あるわけねえだろ」

「わかってるよ、そんなこたァ。俺が頼みてえのは、繋ぎだ」

東明が薄く口角をあげる。

穂高は鋭い目で東明を睨むと、棘のある声を出した。

「金を引っ張れるところを紹介しろ、とでも言うのか」

「どこか心当たりでも、あるのかい」

東明が面白そうに被せた。

「ふざけるのもいい加減にしろ」

穂高は本気で怒ったようだ。手にしていたグラスを乱暴に磨きながら、東明に背を向ける。

「そんなとこがあったら、俺が自分で引っ張っている」

「だろうな」

東明は声に出して笑った。が、すぐに真顔に戻って続ける。

「お前《めえ》、岩手の角舘銀次郎《つのだてぎんじろう》とは馴染みだろ。紹介してくれねえか」

穂高が東明を振り返り、納得したように肯いた。

「ははーん、わかったぜ。お前さん、旅打ちで稼ごうって腹だな」

「ご名答」

穂高の話によると、角舘は岩手で旅館を営む愛棋家で、穂高は大学時代、将棋部の合宿でずいぶん世話になっていたらしい。東北一帯の真剣師と繋がりがあり、アマチュア高段者を食客として遇したり、真剣の手合いをつけたりすることで知られる存在だった。

穂高は東明の頼みを、すげなく断った。

「お断りだ。世話になった恩人に、無銭《ハイナシ》の仕事師を紹介できるかよ」

「タネ銭ぐれえは作るさ」

「どこで？」

「ここで」

東明が即答した。

呆れた口調で穂高が首を振る。

「おいおい。さっき言っただろう。うちの客でお前と指すやつなんか、いねえよ」

東明は、ふうん、と鼻を鳴らした。

「じゃあお前さん、俺のツケは諦めるのか」

痛いところを突かれたのだろう。穂高は少し考えてから、東明に訊ねた。

「いま手元に、銭はあるのか」

東明は隣にいる桂介の肩を叩いた。

「ああ、こいつが持っている」

桂介は驚いて東明を見た。

「そんな話、聞いていません」

ついてきたのは、もしかしたら東明と将棋が指せるかもしれないという淡い期待があったからだ。東明の賭け金を、代わりに出すためではない。

言い返す桂介の肩を引き寄せ、東明は声を潜めた。

「心配するな。俺は負ける勝負はしねえ。必ず勝つ。銭が入ったら、お前にも一杯奢ってやるよ」

桂介は納得がいかず、問い質した。

「東明さん、いま少なくとも三千円は持っていますよね」

東明は坂部将棋道場で、幹本から三千円、受け取っている。もともと懐にいくらあるのか知らないが、最低でもその額は持っている。それを賭け金にすればいいではないか。

桂介がそう言うと、東明はむっとした顔で桂介の頭を小突いた。

「馬鹿野郎。あれは明日の飯代だ」

ここにきて桂介は、東明が自分を店に連れてきた理由にやっと気づいた。東明にとって桂介は担保なのだ。当然のことだが、勝負は賭け金がなければ成り立たない。東明は自分の食い扶持をしっかり確保したうえで、最初から人の金で賭け将棋をする魂胆だったのだ。万が一、勝負に負けたとしても、明日の飯代はある。東明のいけ図々しさと小賢しさに、桂介は怒りを覚えた。

穂高は桂介に向かって、苦々しい声で言った。

「こいつは、東大のお坊ちゃんが知らねえ世界を生きてる男だ。悪いことは言わねえ、関わらねえで、さっさと帰んな」

東明が舌打ちをくれる。直後に、ドアについているベルが、リリンと鳴った。

「いらっしゃい」

穂高がドアのほうを見やる。

店にひとりの男が入ってきた。勤め帰りだろうか。紺色のスーツに、爽やかな青いネクタイを締めている。三十代半ばくらいで、育ちのよさそうな顔をしていた。

「須藤《すどう》さん、いま帰り？」

カウンターの端に座った須藤に、穂高がおしぼりを差し出す。どうやら店の常連らしい。須藤はおしぼりを受け取ると、手を拭きながら答えた。

「今日は残業が予定より早く終わりましてね。将棋が指したくて、真っ直ぐ、ここへ来たんです」

「ここしばらく、ご無沙汰だったもんなあ」

「詰将棋の問題を解いたりして渇きを満たしていたんですが、やっぱり実戦が恋しくて、うずうずしていたんです」

須藤はビールを注文すると、奥に座る先客を見た。その目が驚きで見開かれる。須藤の視線は桂介を通り過ぎ、端にいる東明に注がれていた。須藤は慌ただしく立ち上がり桂介の隣に席を移すと、東明に向かって身を乗り出した。

「東明さんじゃないですか。お久しぶりです。いつ戻ってきたんですか」

どこに行っても同じ質問をされてうんざりしているのか、東明はそっけなく答えた。

「最近だ」

東明の冷めた態度とは対照的に、須藤は昂奮を隠し切れない様子だった。自分が頼んだ瓶ビールを手にして、満面の笑みで東明に勧める。

「二年前に、ふっつり姿を消したから、どうしているか気に掛かっていたんですよ」

東明は黙って須藤の酌を受けた。

須藤は、東明が東京を追われた経緯をまったく知らないようだった。店に来なかった理由を、東明も、そして穂高も、口にしない。

昂奮しながらひとりでしゃべり続けている須藤の話によれば、須藤と東明は八年前、アマチュア名人戦の東京都大会で対戦していたようだった。いまでこそ真剣一本で生きているが、東明にもかつて、プロを目指した時期があったらしい。

アマチュア名人を獲得すれば、プロの棋戦の一部に、参加できる。そこでプロ相手に好成績を収めれば、特例として、プロ棋士の編入試験を受ける道が拓ける可能性があった。アマチュア名人戦の結果は、東明の圧勝に終わった。その圧倒的な強さに、プロ棋士編入試験への推薦話もあったらしいが、素行の悪さゆえに話は流れたという。

悔しそうに須藤が言う。

「あの将棋はほんと、いまでも夢に出てきますよ。東明さんが珍しく序盤で間違えて、もうどう指しても負けようがない、ってところまでいったのに。あの、☗9二角がなあ……」

東明が、ふっ、と鼻から息を抜いた。

「死んだ子の歳を数えても、仕方ねえだろう」

「そうですけど、次の、歩の頭に捨てた☗4四桂——まるで〝次の一手〟に出てくるような絶妙手、連発だもんなァ。痺れますよ、そりゃあ」

次の一手、というのは将棋雑誌などに掲載される妙手探しの問題で、詰将棋とはまた別の意味で、棋力を養う一助を担っている。

須藤と東明はいまから三年前にこの店で再会したが、そのころ、すでに東明は賭け将棋以外は指さなくなっていた。逆に、須藤は賭け将棋は一切しない主義で、ふたりの対局は都大会での一戦のみらしかった。

「ところで、こちらはお連れさんですか」

須藤は自分の隣にいる桂介を見た。

「まあな」

東明は曖昧に答える。

ぞんざいすぎる返答に、穂高が補足を加える。

「東大の学生さんだよ」

「へえ」

明らかに須藤の目の色が変わった。

「ここにいるってことは、将棋を指すの？　もしかして東大の将棋部かい？」

坂部将棋道場の横森と同じ質問をする須藤に、桂介は同じ返答をした。

須藤は品定めするように桂介を眺めていたが、やがてカウンターの隅に置いてある将棋盤を顎で指した。

「どうだい。僕と一局、指さないか。将棋部に所属していなくても、東大生ならかなりの腕のはずだ」

「それがさ――」

穂高が言葉を続ける前に、東明が遮った。

「いいだろ。指してみなよ。俺が立会ってやる」

穂高が眉根を寄せた。

「いいのかい。須藤ちゃんは〝平〟しか指さねえぜ」

平、というのは金を賭けない将棋のことだ、とあとで穂高は教えてくれた。

「ああ」

東明が肯く。

穂高が、カウンターの隅にあった棋盤とデジタル式の対局時計を、ふたりのあいだに置いた。

「僕は賭け将棋はしない。だが、真剣勝負で頼むよ」

須藤が駒を並べながら言う。言い方は丁寧だが、声には明らかに隠し果《おお》せない闘志がこもっていた。

王は、年上ということで須藤が使った。振り駒をして、先手を決める。先手は桂介だった。

角道を開けるか、飛車先を伸ばすか。桂介が初手の作戦を考えていると、背後から東明の声がした。

「俺はこいつにツケ全部だ」

　驚いて後ろを振り返る。

　すぐさま、穂高が笑い声をあげた。

「おいおい、本気か。十万だぜ？」

　東明は穂高に向かって、余裕の笑みを浮かべた。

「ああ、その十万円、この坊主に全部賭ける。こいつが負けたら、倍にして払う。だが、こいつが勝ったらツケはチャラだ」

　穂高は、すでに勝ったような顔で嬉しそうに顎を擦る。

「俺はまったく問題ないよ。むしろ美味しすぎて涎《よだれ》が出る。須藤ちゃんはお前さんとの勝負には負けているが、翌年、都大会で優勝してる。片や、上条桂介なんて名前はどのアマ棋戦でも見た覚えはない。東大生でそこそこ指すかもしれんが、勝負は目に見えている。悪いが倍にしてツケを払ってもらうよ」

　東明は穂高に向かって、煙草の煙を吐き出した。

「いまのうちに、せいぜい笑ってろ。あとで吠え面かくからよ」

　桂介は椅子ごと身体を東明に向けると、ふたりの賭けを止めた。

「待ってください。マスターの言うとおりです。俺がこの人に勝てるわけがありません。そんな賭け、やめてください」

東明は表情ひとつ変えずに桂介の肩を摑むと、身体をぐるりと回して須藤と向き合わせた。

「お前は黙って将棋を指せばいいんだよ」

東明は桂介の将棋を、一度もまともに見ていない。坂部将棋道場の手合いを、終盤の五、六手、見ただけだ。にもかかわらず十万円という大金を、桂介に賭ける気持ちがわからない。

「上条くんからだよ。どうぞ」

須藤はやる気満々だ。実戦に飢えていたことに加え、偶然会った東大生の腕前に興味があるらしく、東明とマスターの賭けなど眼中にないようだった。

「ほれ、はじめろよ」

後ろから東明が、桂介の後頭部を小突く。

「どうなっても知りませんからね」

なるようになれ――

桂介は腹を括ると、飛車先の歩に手を伸ばした。

線路が走る高架橋の下を、桂介は歩いていた。

腕時計を見る。深夜二時。王将を出たのは一時ごろだったから、小一時間は歩いたことになる。

桂介は肩越しに、ちらりと後ろを振り返った。少し離れて、日本酒を手にした東明が、ゆらゆらと身体を揺らしながらついてきている。五百ミリリットルの中瓶——店を出るときに穂高から原価で譲ってもらったものだ。金は桂介が払った。店で飲んだ東明と自分の酒代もそうだ。

須藤との対局は、桂介が負けた。

ふたりの対局には、十万円の外ウマがかかった。当事者ではなく、外野がどちらかに賭けることを外ウマに乗る、というらしい。あとから店に来た常連客は対局の仔細を知り、こぞって須藤に乗った。常連客四人の外ウマを、東明はすべて受けた。盤上に集中していたので詳しい金額はわからないが、賭け金はひとり頭、万を超えていたと思う。

東明のツケは倍になり、さらに借金を背負った。それは、桂介のせいではない。止めたにもかかわらず勝手に賭けた自分が悪いのだ。

そう思いながらも、酒代くらいは出さなければ申し訳が立たない、という気持ちがあった。

——なんで、あの〝と金〟を払った。

店を出たあと、東明が桂介に言った、腹の底から絞り出したようなだみ声が、頭にこだまする。

王将を出てから、東明はその言葉を何度も繰り返した。

桂介はそのたびに、肺腑を抉《えぐ》られるような痛苦を味わった。

答えはわかっている。

震えたからだ。

掛け金は総額、十数万円。桂介の数か月分の生活費に近い。自分の一手が、大金の行方を左右する。そんな将棋は、これまで指したことがない。それどころか、百円たりとも、賭けて将棋を指した経験はなかった。

須藤は強かった。相矢倉の序盤、慎重に駒組みを進める須藤の指し手に、まったく隙はなかった。こっちが一手でも緩手を指そうものなら、たちまち敗勢に追いやられそうな、自信と威圧感を纏っていた。それでも中盤、桂介は勝負手を放ち、それをきっかけに少しずつ優位を築いていった。

一手勝ちが見えた終盤、桂介は持ち時間を使い切り、秒読みに追い込まれた。

☗4三角成が詰めろ――第一感がそう告げていた。

が、もしそれが詰めろになっていなければ、☖6七とが気持ちのいい詰めろで、将棋は逆転する。

脳細胞をフル回転させて、桂介は読みを入れた。が、三十秒では、☗4三角成後の詰みを読み切れない。

五、六、七——残りの秒を読む穂高の声に急かされ、桂介は咄嗟に、☗5七金と、と金を払った。安全勝ちを目指したのだ。このと金さえ払ってしまえば、自玉の危険はとりあえず回避できる。優勢は揺るがない。そう思っていた。

ところが、その一手を境に、形勢は怪しくなった。須藤の指した、☗4三角成を受ける下段の桂打ちが粘り強い一手で、優劣は混沌としてきた。九十八手目、入玉を目指した須藤の☖1三玉が決め手で、桂介の敗勢がはっきりした。

盤上を凝視する桂介の耳に、観戦者の唸るような溜め息が聞こえた。

この先どう攻めても、須藤の王はつかまらない。受けても自玉は、一手一手だ。

覚悟を決める。

十秒、二十秒、一、二、三、四……残り五秒まで読まれて、桂介は頭を下げた。

「負けました」

言葉が喉に絡み、上手く声が出てこない。自分でも聞いたことがない、掠れ声だった。

「いや、拾わせてもらいました」

須藤が浮かない顔で、丁寧に頭を下げる。無名の素人に互角以上の将棋を指されたことが、納得いかないのだろう。

「強《つえ》えなァ」

穂高が感嘆の声をあげたのは覚えている。周囲のなんとも言えないざわめきも、耳に残っている。が、そのあと店を出るまでのことは、ほとんど記憶になかった。

終電の時間が迫っていたこともあって、感想戦もそこそこに須藤が席を立ち、桂介は放心状態で、東明に言われるまま勘定を済ませた。

店を出て深夜の路上に立ち尽くしていると、背後から東明の声がした。

「なんで、あの〝と金〟を払った」

口を開こうとして桂介は、静かに息を吸い込んだ。が、どう言い繕ったところで、自らの精神の未熟さを露呈するだけだ。唇が震えた。

――決して緩手を指さない。

――肉を断らせて、骨を断つ。

自分の信条としてきた将棋は、跡形もなく崩壊した。

秒読みに負けたのではない。秒を読まれる訓練は、小学生のころから諏訪で徹底して仕込まれていた。

桂介は、晴れているのに星が見えない夜空を見上げた。

プレッシャーだ。プレッシャーに負けたのだ。十万円を超える大金に、精神が萎縮し、将棋が震えたからだ。だが、それを口にしたくなかった。すれば自分がさらに惨めになる。

そう思えた。

無言で立ち尽くしている桂介に、東明がぼそりと訊いた。

「お前《めえ》、どこに住んでる」

桂介は道路に目を落とした。言葉を喉から絞り出す。

「南阿佐ケ谷《みなみあさがや》です」

ふたり分の酒代に加え、東明の寝酒用の酒瓶代まで払った財布のなかは、すっからかんだった。

「じゃあ、終電、終わったな」

東明が言う。

腕時計を見ると、一時十分を過ぎていた。

「南阿佐ケ谷だと、歩くと二時間くらいか」

歩いたことがないのでわからないが、電車に乗っている時間を考えれば、おそらくそれくらいはかかるだろう。

「お前、方向はわかるのか」

東明が、煙草を咥えながら訊ねる。

「なんとなく」

桂介は面を伏せたまま答えた。

「俺が道案内してやる」

驚いて東明を見た。

煙草に火をつけ、東明は大きく紫煙を吐き出した。不満そうな顔だ。

「なんか、問題でもあるのか」

「いえ……」

桂介は力なく首を振った。

「ありがとうございます」

礼の言葉は、つぶやくような声だった。

おそらく、東京へ帰って来たばかりの東明にはネグラがないのだ。かといって宿に泊まるほどの金もない。仮に安宿があったところで、東明がなけなしの金を宿泊費に使うとは思えない。そんなことをするぐらいなら、公園のベンチで寝ることを選ぶだろう。

桂介の部屋に泊まるつもりで道案内を買って出たであろうことは、容易に想像がついた。

桂介が先を歩く形で、ふたりは青梅《おうめ》街道に出た。そこを右、信号を渡って真っ直ぐ、などと東明がポイントで後ろから指図する。しばらくは道案内以外、口を開くつもりはないようだった。

新中野を過ぎたころ、信号待ちで横に並んだ東明が、また話を蒸し返した。

「なんで、あの〝と金〟を払った」

無言のままの桂介に、東明は怒鳴り声をあげた。

「☗4三角成が見えなかったわけじゃねえだろ！」

感想戦でも真っ先に指摘された手だ。「これ、詰めろだろ」。東明がそう言うと須藤も素直に肯き、「そうですね、それでこっちがやられてましたね」と認めた。

以下、☖3二金打の受けに、☗4一銀とかけて一手一手、というのが感想戦の結論だった。

桂介は自分の感想戦を、他人事のように聞いていた。己の不甲斐なさを嘆く悔悟の気持ちと強烈な自責の念が、思考を妨げていた。

ガード上の線路を、ものすごい音を出しながら回送列車が走る。暗がりにいる東明の顔を、電車の明かりが点滅しながら映し出した。桂介を見据える目は、酔っぱらいの目ではなかった。射るような鋭い光を放っている。

電車が去りあたりが静かになると、東明は言葉を続けた。

「あのときお前は、と金を払った。震えて、安全勝ちを目指したからだ。読み切れなくて、自信が持てなかったんだろ、どうせ」

図星だ。言われなくてもわかっている。

東明はへっと息を吐くように笑うと、手にしていた日本酒をぐびりと呑んだ。

「みっともねえ。男はよ、同じ倒れるにしても、前のめりに倒れるもんだ。敵の前で背中を向ける手だぜ、ありゃァ」

唇を嚙み締める。東明が弄《なぶ》るように念を押した。

「たかだか十数万くれえでビビりやがって。真剣はな、気合で斬り込んでこそ、勝機が開けるんだ。土俵の周りを逃げ回って、相手が転ぶのを待つようなやつァ、生きていけねえんだよ、この世界は」

頬が熱くなった。

東明から、勢いよく顔を背ける。勝負に負けたことより、自分の気弱さを見破られたことが恥ずかしくて堪らなかった。

東明は桂介を蔑むように小さく笑った。

「少しはわかったかよ。真剣の怖さってのがよ。プロの将棋もよ、俺から言わせりゃァ、お遊びだ。だってそうだろう。みんな目ェ吊り上げて指しちゃあいるが、負けても明日の銭には困らねえんだ。対局料が入るからな。だが、真剣師は違う。負けりゃァ銭を払わなきゃァならねえ。命の次に大切な銭――をよ」

東明はそれっきり、口を噤んだ。言いたいことは言った、という表情だ。

桂介は東明と並んで、下宿に向かって歩きはじめた。

赤錆《あかさび》が浮いている階段を、音を立てないように静かに上る。

日焼けした緑のスチール製のドアを開けると、桂介は狭い玄関で靴を脱いだ。東明も、壁で身体を支えながら、見るからに安物のサンダルを脱ぐ。

桂介は手探りで電球のひもを引っ張った。電気をつけると、東明はあたりを眺め、感心したように言った。

「野郎の独り暮らしにしちゃア、きれいにしてるじゃねえか。女でもいるのか」

桂介は首を振った。

「単に物がないだけです」

六畳一間の部屋にあるものといえば、ちゃぶ台と冷蔵庫、小さな本棚と組み立て式の三段ボックスだけだった。服は押入れにスチール製のハンガーラックを置いて、そこに収めている。

桂介が住んでいるアパートは築三十年の木造二階建てで、それぞれの階に四部屋ずつあった。部屋の造りは六畳一間と形ばかりの流しがあるだけで、トイレは共同だし、風呂はついていない。いくら家賃が安いとはいえ住環境が粗悪すぎるせいか、アパートの半分は空いていた。

東明はなかへ入ると、桂介に断りもなく流しへ行き、カランを捻って水を出した。蛇口の先に口をつけ、そのまま飲む。喉が何度も上下する。東明は水道を止めると、シャツの袖で口を拭った。

「この歳になると、徒歩二時間はさすがにきついな。足は痛《いて》えし喉は渇くし、すっかり酔いが醒めちまった。なんか飲むものねえか」

東明が、流しの横の小型冷蔵庫を勝手に開ける。桂介はなにも言わなかった。どうせなかにはなにも入っていない。

東明は軽く舌打ちをしてドアを閉めると、部屋の真ん中で胡坐《あぐら》をかいた。自分も畳に腰を下ろす。

「おい、灰皿貸してくれ」

東明はシャツの胸ポケットから煙草を取り出しながら、桂介に言った。頼み、というより命令に聞こえる。

桂介は素っ気なく答えた。

「そんなものはありません。俺、煙草は吸いませんから」

「空き缶ぐれえ、あるだろう」

台所の隅に置いてあるごみ箱から、缶コーヒーの空き缶を持ってくる。

「ありがとうよ」

東明は煙草に火をつけて美味そうに吸うと、上を向いて煙を吐き出した。

「おい、駒を出せ」

唐突な言葉に、桂介は戸惑った。

「駒って、将棋のですか」

自分でも、間抜けな返事だと思った。将棋指しなのだから、駒といえば将棋の駒に決まっている。

のだ。

「そうだ。一番、指してやる」

一瞬、喜んだ。

指してもらいたいのは山々だった。そのために、わざわざあの将棋酒場まで付き合った

しかし、桂介は返事を躊躇った。

将棋を指す者の多くは、安物であっても盤と駒くらいは持っている。

この部屋にも、駒はあった。押入れの隅に隠すように置いてある。

桂介が諏訪市を離れるときに、唐沢がくれた駒だ。名工と呼ばれた初代菊水月作のもので、実用品としても芸術品としても、高い価値があるものだった。売れば相当の金になる、と唐沢から聞かされている。

――お前《めえ》みてえな無銭《ハイナシ》の仕事師に……。

耳に穂高の言葉が蘇る。

桂介は咄嗟に嘘を吐いた。

「すみません。あいにく、駒は持ってないんです」

金にがめつい東明のことだ。数百万円もの価値がある駒を見せたら、隙を見て盗みかねないと思った。

ふーん、と東明は訝しげな声を出した。

「お前くれえの指し手が、駒を持ってねえとは驚きだ」

桂介は、東明の疑念を打ち消すように、慌てて言い繕った。

「本当に持ってないんです。暮らしに余裕ができたら買おうと思って。田舎から引っ越すとき、駒を荷物に入れ忘れてしまって……」

我ながら、言い訳じみて聞こえた。

東明は煙草を咥えたまま、桂介をじっと見ている。心の奥底を見抜くような鋭い視線だ。東明から目を逸らして、桂介は視線を宙に彷徨わせた。意識して押入れを見ないようにする。

部屋のなかに、気まずい沈黙が流れる。

突然、東明が立ち上がった。

「じゃァ、寝るしかねえな。布団はここか」

そう言いながら、東明が押入れに向かう。

「泊めてもらうんだ、布団くれえ敷かせてもらうよ」

止める暇はなかった。東明は押入れを開け、布団を畳に放り出した。しまった、と思ったがもう遅い。押入れの奥を覗いた東明は、風呂敷包みに包んであった駒箱を目ざとく見つけた。

直感で、包まれているものが駒箱だとわかったのだろう。東明は、ほう、と言いながら、風呂敷包みを手にした。

「それは――」

桂介は風呂敷包みを取り返そうとした。が、東明は桂介を身体ではね除け、すばやく結び目を解いた。

なかから出てきた桐の駒箱を手にして、東明はにやりと笑った。

「なんだよ。あるじゃねえか」

桂介は力ずくで、東明から駒箱を奪い返した。

「これは駄目です。駄目なんです」

「なんでだよ。ちょっと使うくらいいいじゃねえか」

「これは預かっている駒なんです。俺のじゃないから、勝手に使っちゃ駄目なんです」

言い訳にもならない言い訳だった。しかし、この駒だけは、絶対に東明に見せてはいけないと思った。駒箱を後ろ手に、激しく首を振る。

東明はしばらく探るような目で桂介を見ていたが、やがて畳に座り頭の後ろで両手を組むと、仰向けになった。

「泊めてもらう礼にただで指してやろうと思ったが、お前がいいってんなら別に無理には言わねえよ。こっちだって歩き疲れて、もう眠てえんだ」

腹に一物ありそうな顔だ。が、駒を見られずに済んだのは助かった。

ほっとした桂介は、駒を風呂敷に包み直すと、もとの場所へ戻した。

桂介は東明に、掛け布団を使うよう勧めた。布団はひと組しかない。自分は敷き布団に包《くる》まって寝るつもりだった。

「悪《わり》いな」

言いながら東明が、自分の身体に布団を掛ける。

桂介は寝る準備を済ませると、電球のひもに手を伸ばした。

「消しますよ」

返事はない。代わりに鼾が聞こえてきた。畳に寝転んでから、ものの五分と経っていない。よほど疲れていたのだろう。

電気を消して、桂介も横になる。

東明の鼾を聞いているうち、桂介にもすぐに眠気が襲ってきた。

将棋を指したあとはたいてい、目を瞑ると盤面が浮かんでくる。指し手を振り返りながら寝るのが常だった。が、盤面はすぐに霞み、まどろみのなかで溶けていった。

朝、目が覚めると、東明の姿は消えていた。

真っ先に、唐沢からもらった駒のことが頭に浮かんだ。

跳ね起きて押入れを開ける。

風呂敷に包まれた駒箱は、いつもの場所にあった。念のために、中身を確認する。

桂介はほっと胸を撫で下ろした。正絹の袋のなかに入っている駒は、間違いなく初代菊水月作のものだった。いくら東明でも、泊めてもらった部屋の主が寝ているあいだに、金目のものを掠め取っていくほど、悪人ではなかったようだ。

駒を押入れにしまい、枕元の腕時計を見た。もう九時近かった。

幸い、今日の授業は三限からだ。いまから身支度して出かけても、余裕で間に合う。

敷き布団の上に胡坐《あぐら》をかいて、大きく息を吐いた。

思い返すと、昨夜のことが夢のことのように思えてくる。あまりに多くのことがありすぎて、現実味がない。

桂介は部屋の隅に目をやった。そこには、東明が灰皿がわりに使った空き缶があった。

東明にもう一度会いたいような、もう二度と会いたくないような、不思議な気持ちになる。しかし、ひとつだけわかっていることは、おそらくまたどこかで、東明に会うということだった。

根拠はないが、桂介の中のなにかが、そう確信していた。

第十二章

——昭和五十六年二月

床の間の前に置かれた石油ストーブの上で、薬缶《やかん》がしゅんしゅんと音を立てている。二十畳ほどの広い座敷のなかで聞こえるのは、薬缶が湯気を立てる音と、真剣師がしのぎを削る将棋の駒音だけだ。

将棋盤の周りでは、十人近い男たちが遠巻きに観戦していた。盤の側に座っているのはほんの数人だ。座布団は人数分用意されているものの、ある者は立ち上がり、ある者は中腰で、じっと戦局を見つめている。

口を利く者は誰もいない。みな、アマチュア最強といわれている東明と、東北では名の知られた真剣師、米内重一《よないしげいち》の勝負の行方を、食い入るように眺めている。

上座に座る立会人の角舘銀次郎が、東明をちらりと見た。

「三十秒……四十秒……」

淡々とした声で、時計係が秒を読む。

残り十秒を切ったとき、後手の東明の手が動いた。△5二銀引。しなやかな手つきで打ち付ける。離れ駒をなくし、先回りして先手の攻めを受ける、手堅い守りの一手だ。米内は大きな身体を折り曲げて盤を睨むと、そのまま読みに没頭した。東明よりひと回り近く若いと聞いているが、盤上を睨む凜たる姿は気迫に満ちている。と同時に、米内の落ち着いた指し回しは、年齢以上に老練な雰囲気も漂わせていた。いま東北で、一番勢いがある指し手、と目される所以だろう。

桂介は東明に連れられて、岩手県の遠野市に来ていた。遠野は、県の中心を通る幹線から、沿岸に向かって電車で一時間ほどのところにある。民話の町で知られ、人口はおよそ四万人といまでこそ静かだが、かつては南部盛岡藩の城下から三陸沿岸を繋ぐ遠野街道の要衝にあたり、宿場や商業で賑わったらしい。西のほうでは梅が満開という二月の末だが、北国の町はまだ雪が残っていて、山肌に沿うように走る電車の窓から見える景色は水墨画を思わせた。

この地方の特徴的な建造物に、南部曲《まが》り家《や》がある。茅葺屋根の民家で、人と馬がともに住める造りになっている。自分たちの生活を支えてくれる馬を家畜としてではなく、家族の一員として大事にしていた名残りだ。

いま、桂介がいる「語り部の宿」も、同じ造りの屋敷だった。

L字型に造られた母屋の入り口を入ると、目の前は広い土間になっていた。その横にかつての厩《うまや》があった。当時、馬がいた場所は、古い農工具や昔の写真を大きく引き伸ばしたパネルが置かれ、展示スペースになっていた。

東明と米内の対局の立会人を務める角舘は、かつてこのあたり一帯を仕切っていた庄屋、角舘家の十七代目当主で、いまは農業団体および観光団体の様々な役職に就き、この地域の産業を陰で支える重鎮だ。

空き家になり取り壊される予定だったこの屋敷を買い取り、古民家の風情を残しつつ改築して宿にしたのは角舘だった。建物は当時のままだが、手洗いや風呂などの水回りはいまどきのものにリフォームされている。以前は木枠だったと思われるガラス窓も、隙間風が入り込まないサッシに替えられていた。

遠野駅まで東明と桂介を迎えにきた宿の従業員の話によると、年間を通してかなりの客が利用しているとのことだった。なかでも大学生や若者が多く、消えつつある日本の原風景を楽しむためにやってくるらしい。

「本当に布団部屋でよろしいんですか。角舘も申しておりましたが、客間もご準備できますが」

従業員の男は、宿の送迎車を運転しながらバックミラー越しに東明に訊ねた。

東明は窓の外を見やったまま答えた。

「俺たちは客じゃァありません。昔なら、厩に置いていただけるだけでもありがたいくらいのもんです。客間なんて贅沢すぎる。布団を貸してもらえるだけで充分です」

従業員は視線を桂介に移した。

「主人からは、いつでも客間をお使いになれるようにしておけと言いつかっています。お気持ちが変わられましたらおっしゃってください。なんでしたら、お連れのお坊ちゃまだけでも、ご用意できますが……」

従業員とバックミラーを通して目が合わなかったら、男が言うお坊ちゃまというのが自分のことを指していると、すぐに気づかなかっただろう。

なんと言っていいのかわからず、桂介は曖昧に首を竦めた。

「いや……大丈夫です」

雪の上にできた轍《わだち》のせいで、車が大きく左右に揺れた。会話が途切れる。

車が安定すると、男は慣れた手つきでハンドルを操りながら言葉を続けた。

「ストーブは用意しておきましたから、寒くはないはずです。もし、お困りのことがあったらいつでもお申しつけください」

「なにからなにまで、すいません」

東明が神妙な顔で頭を下げる。

車は雪にタイヤを取られないように、慎重なスピードで宿へ向かった。

あとで知ったことだが、東明は旅打ちで回る先々に桂介のことを、資産家で知られる諏訪市の老舗味噌問屋の跡取り息子で、自分の乗り手だと伝えていた。乗り手というのは、真剣師のバックで金を賭ける者のことをいう。要は、借金の保証人のようなものだ。自分が負けても、銭はこのお坊ちゃんが払う、と公言しているに等しい。

そんなことをまったく知らされていない桂介は、車中で従業員が口にした「お坊ちゃま」という言葉を、単なる社交辞令と受け取った。

東明の策略を知っていたら、自分はどうしただろう。のこのこと、こんな遠くまでついてきただろうか。

おそらく、と桂介は思った。

──やはり同行したはずだ。

なにがあっても、この目で東明の将棋を、命を削り合う本物の将棋を、見てみたい。その思いは、ここ数日、桂介のなかで日増しに強まっていた。

話は三か月前に遡《さかのぼ》る。

東明が桂介のアパートにいきなり現れたのは、ふたりがはじめて会った夜からひと月が経ったころだった。

バイトを終えてアパートに戻り、寝る準備をしていると、玄関のドアが強くノックされた。時間はすでに夜中の十二時を過ぎている。昼間もそうだが、こんな夜中にアパートを訪ねてくる親しい友人など桂介にはいない。押し込み強盗という言葉が頭を過ったが、それならわざわざノックなどしないだろう。もしかしたら、同じアパートの住人がなにかしら急を要することが起きてやってきたのかもしれない。そう思い、ドアをわずかに開けた。

ドアの隙間から、据わった目が桂介を見た。

「よう、今夜は冷えるなあ」

東明だった。息が酒臭い。上体がゆらゆらと揺れている。相当、酔っているようだ。

いきなり現れた東明に桂介は驚き、そして呆れた。ひと月前、桂介のアパートに一晩泊まり、そのまま姿を消した非礼への詫びはなく、まるで昨日会ったかのような馴れ馴れしい口振りだ。

「ちょっとあがらせてもらうぞ」

東明は桂介の返事を待たず、ふらつく足取りで部屋にあがった。

「なんだ、寝るところだったのか」

敷かれている布団を見て、東明が訊ねた。

「もう、こんな時間ですから」

桂介は精一杯の厭味を口にした。

厭味に気づいているのかいないのか、東明は大きなしゃっくりをひとつすると、掛け布団を身体に掛けて畳に横たわった。

「悪いが、ちょっと貸してもらうからな」

深酔いしている人間を叩き起こして追い出すには、相当な体力がいる。まして相手は東明だ。なにを言っても出て行かないだろう。言うだけ無駄だ。

桂介は早々に諦めて、前と同じように敷き布団に包まり床に就いた。朝、目が覚めると、東明はやはりいなくなっていた。

そんなことが、二、三度あった。

東明はふらりと現れ、朝、気がつくといなくなっている。おそらく、ネグラにしている場所が何箇所かあり、そこを転々としているのだろう。桂介のアパートもそのうちのひとつなのだ。

その夜も、いつもと同じだと思っていた。が、その日は違った。

大学は入試の二次試験を終えたばかりで、この時期に登校するのはサークル活動をしている者か後期試験の結果が悪く追試験や再試験を受ける者が大半だった。

なんの問題もなく後期試験をクリアし、学習塾のバイトも一段落した桂介は、久しぶりにゆっくりとした夜を過ごしていた。

図書館で借りてきた将棋雑誌のバックナンバーを読み、そろそろ寝ようかと思ったときドアがノックされた。桂介の部屋を訪ねてくる者はひとりしかいない。東明だ。

せっかくの落ち着いた夜を、酔っぱらいによって台無しにされることに腹が立った。しかし、部屋についている灯りで、桂介が部屋にいることはばれている。東明のことだ。出なければ、朝まででもドアを叩き続けるだろう。

桂介は諦めてドアを開けた。やはり東明だった。

いつものように馴れ馴れしい態度で部屋に上がり込むのかと思ったが、その夜の東明は違っていた。目の前に立っている桂介を両手で乱暴に突き飛ばし、急いでなかへ入ると後ろ手に錠をかけた。

「なにをするんですか、いきなり」

そう叫んだ桂介は、東明の目を見て息を呑んだ。

酒臭い息をしているが、東明の目は酔っていなかった。たるんだ瞼の奥で、双眸は闘犬のように暗い光を帯びている。

よく見ると、東明はひどい有様だった。服のあちこちは泥で汚れていて、額や頬にはまだ新しい痣がある。明らかに殴られた痕だった。

「どうしたんです。喧嘩でもしたんですか」

そこまで言って桂介は、東明が以前、ヤクザと揉めたことを思い出した。

東明は桂介の問いには答えず、サンダルを脱ぐとはじめて会った夜のように、水道の蛇口に口をつけて水をがぶ飲みした。飲み終えると、そのまま畳に座り込み、シャツの胸ポケットから煙草を取り出した。

「おい、空き缶を寄こせ」

桂介は台所に行くと、ごみ袋からコーヒーの空き缶を出して東明に渡した。

東明は手にしていた百円ライターで煙草に火をつけると、煙を大きく吐き出し、ぽつりとつぶやいた。

「明日にでも旅をかける。お前も来い」

桂介は呆然とした。

怒りの感情が、沸々と湧いてくる。

部屋を勝手に寝床にされているだけでも迷惑なのに、今度は旅についてこいという。身勝手にも程がある。まして、東明はかつてヤクザと揉めている。旅に出る、と言わず、旅をかける、と言ったのは、逃亡の意味も込められているのだろう。こっちにまでとばっちりが来るのは御免だった。

「どうして俺が行かないといけないんですか。俺は行きませんよ」

東明に背を向ける。東明は勝手に話を進める。

「行先は青森の浅虫《あさむし》温泉だ。だがその前に、立ち寄る場所がある。岩手だ」

桂介は身体ごと後ろを振り返ると、東明を睨んだ。

「俺は行かないって言ったでしょう。聞こえなかったんですか」

東明は空き缶に煙草の灰を落とすと、上目遣いに桂介を見た。

「お前には、俺についてこなきゃならねえ義理がある」

「いったいなんの義理が――」

そこまで言って、桂介は口を噤んだ。

もし自分が東明へ負い目があるとすれば、大金が懸かった将棋で負けたことしかない。はじめて東明と出会った日、「王将」で須藤と指した一局だ。あの勝負で桂介は負けて、東明は王将のマスターである穂高に本来の倍のツケを支払う羽目になった。東明が勝手に賭けたとはいえ、結果として桂介は東明の借金を増やしてしまった。しかしその負い目は、たびたび宿を貸すことでチャラにした、と自分のなかでは思っていた。が、どうやら、そう思っていたのは、自分だけだったようだ。

「俺ァ、お前のおかげで十五万ばかりガミ食った。お前がビビらなきゃ、俺の懐に十五万入ってたんだ。こんなちんけなネグラ代なんて、利息の足しにもなりゃしねえ。お前のおかげで余計に背負った借金つめなきゃ、俺ァ、いよいよ、首が回んねえんだよ」

東明がいう旅というのが、賭け将棋をするための旅打ちであることを、桂介はそこにきてやっと悟った。

以前、東明が王将で話していた、鈍割り元治の話を思い出す。肝臓を悪くして三年前に引退したが、最後のひと花を咲かせたくて、勝負の相手を探していると言っていた。

おそらく東明は、借金の追い込みがかかっているのだ。借金が借金を呼び、質《たち》のよくない筋へ流れ着くことは、桂介にも想像できた。新たにヤクザと揉めたか。あるいは、いろいろ足掻いているところを、因縁のあるヤクザに見つかってしまったのか。いずれにせよ、また関東を離れなくてはならなくなったのだろう。

岩手に寄る、ということは、穂高が角舘銀次郎とのパイプ役を果たした、ということだ。東明に言い負かされたか、このままではいつまで経ってもツケは回収できないと、恩より金を取ったか。そのどちらかだろう。

借金の追い込みと穂高からの知らせ、どちらが先かはわからないが、東明にとっては是も非もないタイミングだったに違いない。

冷え込む夜だというのに、こめかみから汗が伝う。

桂介の顔色から事情を察したとわかったのだろう。東明は桂介を見ながら、自分の頭を指でつついた。

「やっぱり東大生はここがいいな。お前の考えているとおりさ。東京を離れなきゃ危ねえってときに、穂高からようやく連絡が来た。覚えてるか。岩手で旅館をやってる角舘。こいつが俺に手合いをつけてくれてな。いまのところ、三番指すことになっている。たぶん、それだけじゃあ終わらねえ。対局を見た見物人が、腕試しに挑んでくるはずだ。素人相手だから賭け金は少ねえが、それでも全部合わせりゃ元治と指す元金くらいにはなる」

たしか、元治とは一局百万円だと言っていた。そこまではいかないとしても、真剣師と名のつく相手と指すならば一局数十万円は必要だろう。いまの東明のみすぼらしい姿からは、そんな大金を持っているとは思えない。

桂介は警戒して先手を打った。

「知っていると思いますが、俺には東明さんに渡せる金なんかありませんよ」

わずかでもいいからと、金を無心にきたのかと思ったからだ。

東明は可笑しそうに笑う。

「そんなこたァ、言われなくてもわかってる」

「じゃあ、どうして俺を連れて行くっていうんですか」

それまで笑っていた東明が、真顔になる。

「お前、本物の将棋が見たかねえか」

桂介の心臓が大きく跳ねた。

東明は二本目の煙草に火をつけた。

「そこらでやってる遊びじゃねえ、命を張っての真剣勝負を見たかねえかって訊いてるんだ」

心臓の鼓動が高鳴る。

大学の将棋部や道場で指しているような温いものではない。一手ごとに魂がひりつくような真剣勝負。八十一マスのなかで繰り広げられる人生を賭けた死闘。それをこの目で見られるというのか。

　目を閉じた桂介の頭のなかに、夏の盛りに日傘を差して佇んでいる母の残像が浮かぶ。母の背後には、暗い向日葵が咲いている。カンヴァスに絵の具を叩きつけるように描かれたゴッホの画だ。絵の具で描かれた向日葵の芯や花弁が、暑さで溶けるように崩れていく。糸を引きながら床に落ちた絵の具は、形を変えて将棋の駒になった。唐沢がくれた、初代菊水月作のものだ。

　襖が開く音がして、桂介は我に返った。

　目を開けると、東明が襖の奥に隠してある将棋の駒箱に手を伸ばしているところだった。

「なにをしているんですか！」

　桂介は立ち上がって、押入れから東明の身体を引き剝がそうとした。東明は摑まれた腕を強く後ろに引くと、酔っている怪我人とは思えない力で桂介を振り払った。その強さに、後ろへ吹っ飛ぶ。

　東明が押入れから桐箱を取り出し、倒れている桂介の目の前で風呂敷を開いた。東明はなかから駒をひとつ取り出すと、四方から眺めて、満足そうな声を漏らした。

「初代菊水月作。めったに拝めねえ名駒だ。何度見てもうっとりするぜ」

その言葉に、桂介は愕然とした。何度見ても――ということは、東明は桂介の家に来るたびに、この駒をこっそり見ていたというのか。

「勝手に触らないでください！」

桂介は立ち上がり、東明から駒を取り戻そうとした。しかし、東明は桂介の手をするりとかわした。

「この駒を、なんでお前が持ってるかは訊かねえよ。名刀、名画、上に名《めい》とつくもんには曰《いわ》くがあると相場は決まってるからな。だがな、俺はどうにも腹に据えかねていることがある。お前。この駒ァ、このまま死なせておくのか」

桂介は言葉を失った。

東明は畳の上に胡坐をかくと、取り出した駒を電灯にかざしながら愛しげに眺めた。

「将棋の駒は美術品じゃねえ。眺めているだけじゃあ死んでいるのと同じよ。駒は指してこそ生きる。日陰にずっと押し込まれたままのこの駒は、死んでるも同然だ」

桂介の脳裏に、いましがた頭に浮かんだ光景が蘇る。溶けた絵の具が形作った将棋の駒は、輝きも生気もなかった。まるで、命を奪われた死骸のようだった。

「この駒を、俺が生き返らせてやる」

東明は突っ立ったままの桂介を、下から見上げた。

「真剣に、この駒を使ってやるっつってんだよ」

命を賭けた対局に、この駒が使われる——

口のなかに溜まった唾を、呑み込んだ。

「刀剣が血を吸って本物になるのと同じよ。駒も大きな勝負を重ねれば重ねるほど光る。東北一の真剣師、鉈割り元治と、世間じゃちいたあ名が知られた、鬼殺しのジュウケイの対局だ。駒も震えるほど喜ぶだろうぜ」

東明は駒を駒袋に戻すと、桂介に箱ごと差し出した。

「明日、夜行で岩手に向かう。荷物をまとめとけ。この駒も忘れるな」

そう言うと、東明はいつものように掛け布団を身体に巻きつけて、すぐに鼾をかきはじめた。

桂介は身体から力が抜けて、その場に座り込んだ。

受け取った駒箱をそっと開ける。気のせいか手のなかの駒は、熱を帯びたように熱かった。

東明から旅打ちの誘いを受けた翌日、上野発の夜行列車で岩手に向かった。

バイト先の塾には、親が急病でひと月ほど休まなければいけなくなった、と嘘を吐いた。受験が終わって繁忙期を過ぎたからだろう。バイト先の責任者は、さほど困った様子もなく、桂介の言い訳をそのまま受け入れた。

北に向かうに従いあたりが白くなっていく景色を見ながら、桂介はボストンバッグを肌身離さず胸に抱えていた。なかには、アパートから持ってきた初代菊水月作の駒が入っていた。

東明の口車に乗ってはいけない。一緒にいてもろくなことはない。それはわかっていた。しかし、真剣師同士が指す対局を、この目で見たいという思いには勝てなかった。触れてはいけないとわかってはいるが、どうしても抗えない魅力というものを、東明は持っていた。

車中は次第に寒さが増してきた。しかし、桂介の胸のなかは、北へ向かうほどに熱くなっていた。

——パシッ。

天井が高い曲り家のなかに、駒音が高く響く。

米内、☗4三歩打。

次の☗4二歩成を見せた好手だ。☖同銀、と引いたばかりの銀で取るか、☖4一歩と受けるよりない。

が、東明は、受けは眼中にない、とでも言うように、敵陣をじっと睨んでいた。

桂介は東明の背後から、盤上を見つめた。

いま、対局に使われている駒や盤は、角舘が用意したものだった。盤は脚つきの八寸盤。

榧《かや》の一枚板で、盤の表と裏、両側面が柾目《まさめ》となる六方柾《ろっぽうまさ》と呼ばれている極上品だ。将棋盤には耐久性がある桂《かつら》が多く使われているが、長く使用していると黒ずんできて目盛りがはっきりしなくなってくる。その点、榧は使い込むほどにいい飴色になり、指し心地もいい。難点は、榧は桂のおよそ十倍と高価なことだ。

盤とともに出してきた駒と駒台も、それぞれ見事なものだった。駒は、個性的な書体で知られる清定《きよさだ》の薩摩黄楊《さつまつげ》。名工と呼ばれる晃雅《こうが》五代作のもので、岩手の県大会で使われたこともあるらしい。駒台も、花の細かい細工が施された四本脚の逸品だった。

宿に着き、角舘から盤と駒を見せられた東明は、相好を崩して称賛した。

「さすがは角舘の旦那だ。これだけの道具は、久しぶりに見ました。こりゃァ、いつも以上に、気持ちよく将棋が指せる」

自慢の品々を褒められたことが、よほど嬉しかったのだろう。角舘は従業員に、銘酒の誉れ高い地元の造り酒屋の特選大吟醸を持ってこさせ、東明に振る舞った。

大事な勝負の前に酒など飲んで腕が鈍らないだろうか。そんな考えが桂介の頭を過ったが、一瞬のことだった。自分が知っている東明は、いつも酔っている。本人の弁によれば、この十数年、アルコールなしで将棋を指したことはないとのことだ。アマチュア名人戦決勝のときですら、コップ酒を二、三杯引っ掛けて盤に向かったという。逆に、酒が入れば入るほど指し手が冴える、と日頃から嘯《うそぶ》いていた。

東明は猪口を口元に運びながら、角舘が席を外した隙を見て桂介に耳打ちした。

「盤と駒台は大したもんだが、駒はそれほどでもねえ」

「いい駒じゃないですか」

桂介が声を潜めて言い返すと、東明は猪口をぐいっと呷《あお》った。

「これと同じよ。どんなにいいと言われている酒でも、それ以上の味を知っている者の舌は満足させられねえ。あの駒も確かにいいものには違いねえが、俺はこの目でもっといいもんを見ちまってるからな」

そう言いながら東明は、部屋の隅を見た。そこには、初代菊水月作の駒が入っている桂介のボストンバッグがあった。

桂介は客間の柱時計を見た。十二時半。遠野に着いて、一時間が経とうとしている。

真剣勝負は夕食後、午後六時からの予定だった。最初の相手は「マムシ」の異名を取る、米内重一。喰らいついたら離れない、粘り強い棋風と聞いている。

「マムシはな、受けが得意なんだよ。だから、攻められるのは屁とも思っちゃいねえ。遮二無二攻めたらマムシの思う壺だ。だからよ、相手に攻めを強いて逆に、受けて受けて、受け潰してやるのさ」

東明はそう言うと、豪快に笑った。

三十秒――、まで秒を読まれた東明は、４三に右手を伸ばし、垂らされたばかりの歩を取って駒台に置いた。☖４三同銀。５二に引いたばかりの銀で歩を払う。明らかな手損だ。同じ局面でいわば先後が替わり、米内の手番になった。

東明の指し手が意外だったのか、対局を見守る男たちのあいだで、微かなどよめきが起きる。受けるなら手堅い☖４一歩だと思ったのだろう。

確かに☖４一歩は手堅いが、ここに歩を打てば歩切れになってしまう。東明は一手損より一歩得を選んだのだ。これで駒台には飛車と桂馬、歩が二枚並んだ。攻め駒をひとつ蓄えたことになる。こうした僅差の将棋の場合、一歩の違いは大きい。しかも局面は膠着状態だ。お互いに、攻め手の糸口が掴みづらい局面だ。ここで米内に有効な一手がないと、手得のメリットより駒損のデメリットが響いてくる。

なるほど――

桂介はここに至って東明の意図に気づいた。

☖５二銀引は離れ駒をなくして守りを固める一手であると同時に、巧妙な手待ちでもあったのだ。☗４三歩という、いかにも――の手筋の歩を打たせ、☖同銀と取ることにより、米内にわざと手を回したのだ。

こうなると米内は、将棋の道理からいっても、攻めに出るしかない。ここでの手待ちや受けの一手は、☗4三歩との一貫性がなく棋理に反する。

——受けて受けて、受け潰してやるのさ。

目を細め、盤上を凝視する米内の顔が、見る見る紅潮する。

残り二秒まで秒を読まれ、駒台の角を手に取り素早く2一に打ち付けた。

大きな息が、米内の口から漏れる。

あッ、と桂介は思わず声をあげそうになった。

——悪手だ。

4三の銀を狙うこの角は、「死に角」になる懼《おそ》れがある。

たとえば☖5二銀引。そこで☗4三歩と垂らしても、今度こそ☖4一歩と受けられて意味がない。桂馬があれば☗4四桂で銀の逃げ場がなく攻めが継続するが、銀桂交換で米内の駒台には銀と歩が一枚しかない。☗4三歩は自らの角道を閉ざすだけだ。

したがって攻めるなら☗4三銀しかないが、そこで2七の角を4三に利かせる☖1六角成が好手。1五の香車にも当たっているし、☗5二銀成には同馬で、再度の☗4三銀には☖6二馬とかわして、攻めは空振りに終わる。

東明は余裕たっぷりに、☖5二銀。

指し手を見た米内が、苦悶の表情を浮かべる。

座敷との続きにある板間で、囲炉裏の薪がはぜた。

東明はこの対局に、桂介が持ってきた駒を使わなかった。いま使われている駒は、角舘が用意したものだ。

てっきり、初代菊水月作の駒を使うものだと思っていた桂介は、角舘に挨拶したあと従業員に案内された布団部屋で、どうして持ってきた駒を使わないのか、と訊ねた。東明は、両側に布団が積まれた座敷に胡坐をかくと、怒ったような顔で桂介を睨んだ。

「誰があの駒をここで使うって言ったんだ」

桂介は慌てた。転がり込んできた桂介のアパートで、東明は、真剣にこの駒を使う、とはっきりと言った。

そう言うと、東明は呆れたように鼻で笑い、ごろりと仰向けに寝転んだ。

「俺は、東北一の真剣師、鉈割り元治との対局で使うって言ったんだ。真剣師もピンキリだ。俺に言わせりゃァ、ここで指す相手はしょせん二流よ。一流の駒を二流なんかに触らせられるか。駒が泣くぜ」

納得すると同時に、桂介の胸は高鳴った。駒のことを言われたのだが、なぜか自分が褒められたような気になる。

東明が宙を睨む。その先に親の仇でもいるような目だ。視線を桂介に戻すと、口角をあげ、不敵な笑みを浮かべた。

「そう焦るな。お前の駒は、元治との対局でしっかり使わせてもらう」

東明は積み上げてある掛け布団を身体に掛けると、桂介に背を向けた。

「俺は少し寝る。夕飯時になったら起こせ」

桂介は腕時計を見た。午後三時。夕飯は五時と聞いている。二時間ほど仮眠が取れる。ネグラを渡り歩いている東明は、どこでも寝られるのだろう。すぐに聞き慣れた鼾をかきはじめた。

布団部屋の隅には、だるまストーブが置かれていた。側にあったマッチで火をつける。部屋の空気が暖まると、明かり取りの小さな窓に結露ができた。桂介は曇った窓ガラスを、手で斜めになぞった。外は細かい晩冬の雪が降っていた。


「三十秒……四十秒……五十秒、一、二、三……」

東明の持ち時間が減っていく。

「六、七、八……」

ぎりぎりまで秒を読まれた東明の手が駒台に伸び、九——の声を聞くと同時に盤上へ駒を置いた。

☖5五飛。

観戦者から驚きの声が漏れる。敵陣に打ち込まず、あえて5五——

桂介は唸った。

この手はたしかに、☖5八飛成からの詰みを見せているが、☗5七歩で簡単に受かる。真の狙いは7五の馬取りだ。☖7五飛には☗同歩の一手だが、そこで☖2三角打が、王手飛車。勝負は決する。

詰めろと王手飛車の筋を同時に防ぐとすれば、玉の早逃げか☗6七銀打くらいだ。が、米内の陣形は8八の銀が壁銀となっており、玉の逃げ道は7七くらいしかないし、☗6七銀打には☖5九飛成と成り込まれて、一手一手の寄り形《がたち》だ。

生え際が後退した米内の広い額に、見た目にもわかるほど汗が浮いてくる。

「五十秒、一、二……六、七、八……」

咄嗟に指した手は、☗7四桂打。

勝負あった――と桂介は思った。

☖同歩と取れば、☗6四馬が王手飛車で大逆転だが、当然これは取らない。☖9二玉とかわされて、あとが続かない。そこで☗6七銀と打ったところで、勝ち味はまったくなくなってしまう。

東明はノータイムで☖9二玉。

対局室に、観戦者のなんともいえない溜め息が漏れる。

米内は東明の王をしばらく見つめていたが、大きく息を吐き出すと、駒台に手を置き一礼した。

「負けました」

部屋がどよめきで満ちる。

七十八手。呆気ないと言えば、呆気ない終局だった。

遠野での最初の一番は、角舘が勝ったほうに金を出す御前試合だ。賞金は十万円。自分の懐が痛まないことも、粘りのなさに繋がったのかもしれない。

対局を終えた米内は、角舘に深々と礼をしてから、盤上に目を落とし悔しそうに口を開いた。

「ちょっと、みっともない将棋でしたね。手も足も出なかった」

東明は独特の人懐っこい笑みを浮かべ、神妙な声で答えた。

「いや、中盤まではこっちが押されてた。序盤、☗3五歩で食らいつかれたときは、さすがはマムシの米内、やられたと思ったよ。銀桂交換の駒損になっちゃって……。☖5五飛を見つけられたのは、運がよかった。正直いって、次やったら、自信はねえな」

沈んでいた米内の顔に、生気が戻る。

「本当ですか」

米内が昂奮した様子で、前に身を乗り出した。

東明は大真面目な顔で、肯いた。

「本当だ」

——嘘だ。

桂介は内心、思った。

実力の差ははっきりしている。米内の棋力はよくて県代表の五段クラスだろう。元アマ名人の東明が横綱だとしたら、せいぜい前頭クラスだ。

十回指して、一回勝てるかどうか——

おそらく、東明は餌を撒いているのだ。

米内が、あるいは観戦者の誰かが、金を出して真剣の名乗りをあげてくるのを待っている。

角舘が観戦者に向かって声を張った。

「さあ、せっかくの機会だ。鬼殺しのジュウケイと指したいもんは手をあげな」

早速、桂介の後ろから声がした。

「なあ、俺も一局頼むよ。元アマ名人と指してみてえ」

「抜け駆けすんな。俺が先だ」

「俺だ」

一気に座敷のなかが騒がしくなる。

東明は涼しい顔で、美味そうに煙草を吹かしている。こうなることを見越していたような、人を食った表情だ。米内との勝負で十万円の勝ち。このあと夜明けまで、力試しをしたい素人相手に小金を稼ぐのだろう。

この宿には、三泊する予定でいた。ひと晩、真剣師同士の勝負を一局指す。そのほか素人から巻き上げた小銭で、鉈割り元治との対局の元銭が稼げる計算だ。

宿の従業員が、この土地の名物、ひっつみ汁と味噌焼き握りを運んできた。色とりどりの漬物もある。

仲居は板間のところどころに食い物が載った盆を置いて、男たちに声を掛けた。

「腹が減っては戦ができねえでしょう。まだまだあるから、腹いっぺえ食ってくなんせ」

観戦していた男たちが、一斉に板間に向かう。

桂介も腰を上げながら東明を誘った。

「東明さんも、少し腹ごしらえしたらどうですか」

東明は首を振った。

「食い物はいらない。酒をもらってくれ」

東明は、昨夜に乗った夜行列車から、ろくに食事をとっていない。酒ばかり飲んでいる。さっきの夕食でも、刺身をちょっと摘まんだくらいだ。まっとうに口にした食べ物といえば、乗り継ぎのために降りた花巻駅のホームで食べた立ち食いそばだけだった。

「なにか食べないと、集中力が続かないですよ」

勝負への影響もあったが、なにより身体が心配だった。なにも食べずに酒だけ飲んでいて、身体にいいわけがない。しかし、東明は頑なにいらないと食事を拒み、酒を求める。東明の声を聞きつけたらしく、仲居が東明に酒を持ってきた。宿に到着したときに出されたものと同じ銘酒だった。

東明は手酌で酒を飲むと、満足そうに息を吐いた。

「食べないと集中力が出ないだと？　笑わせるぜ」

東明のためを思って言ったのに、小馬鹿にされた気がして腹が立った。

脳の栄養は糖分だ。糖分は米や穀類などの炭水化物に多く含まれている。なにかに集中するときは、事前に炭水化物を摂っておいたほうがいい。

「だから、ひと口でもいいから、なにか食べたほうがいいですよ」

東明は桂介の言葉に耳を貸さず、ひたすら熱燗を口にする。

「人はな、身体も人生も、百人いれば百とおりなんだよ。こうすれば幸せになれるとか、ああすれば金持ちになれるなんて嘘っぱちよ。腹もそうだ。一日三食摂ればいいというやつがいれば、一日一食で充分だというやつがいる。俺はな、腹が空いているほうが集中できるんだ。俺の身体はそうできている。自分の意見を人に押しつけるな」

強く言い切られ、桂介はそれ以上、なにも言えなかった。

結局、東明は酒以外のものは、つまみとして出されたフキノトウの味噌漬けしか、口にしなかった。そして、そのまま次の対局に臨んだ。

その夜は、米内のほかに三人と指した。三人は桂介から見ても米内の足元にも及ばない腕前で、東明が本気を出せば、米内よりもさらに早く決着がつく相手だった。しかし、東明はすぐに対局を終わらせなかった。ある程度遊ばせて、相手が気をよくしたところで一気に詰ます。客人を楽しませることが、手合いをつけてくれた角舘への、東明なりの感謝の表し方なのだろう。

対局後に行われる感想戦も、丁寧なものだった。敗因とともに、勝つためのテクニックを教えてもらった敗者は、負けたにもかかわらず上機嫌で、明日も来る、と言って帰っていった。

遠野市に入ってから四日目の昼、宿を出た。

宿に着いたとき、ほとんど無一文だった東明の懐には、およそ百万円強の金があった。宿に滞在していた三日間で稼いだものだ。この金で、元治と勝負するのだ。

岩手に来るときは東明とふたりだったが、青森へは角舘も同行した。角舘いわく、宿での対局も元治との対局も、話をまとめたのは自分だ。その自分が立会いを務めるのが筋だ、と胸を張る。あたかも、それが手合いをつけた者の責任だというように聞こえるが、角舘の嬉々とした表情から、東明と元治の対局をこの目で見たいというのが、本音であることがわかる。

昼に宿を出て、浅虫温泉に着いたのは夕方の四時を回ったころだった。宿の車で花巻駅まで行き、そこから浅虫まで特急を利用した。切符代はもちろん角舘持ちだ。

電車を降りた桂介は、片手でコートの襟を掻き合わせた。

同じ東北でも、岩手よりさらに北の土地は、まだ冬の真っ只中だった。目の前に見える青森湾が灰色に沈んでいる。同じ色をした寒々しい空に、数羽の白鳥が飛来していた。あたりにはまだ雪が残っていた。全身に叩きつける海風に、粉雪が混じっている。

襟元に狐かなにかの毛皮がついた厚手のコートを着た角舘はそうでもなさそうだが、通年用の生地に毛が生えた程度の厚さしかないジャンパーを羽織った東明は、桂介より寒そうだった。いつもの猫背が、さらに丸くなっている。

乗客を降ろした電車が立ち去ると、ひとりの男が声を掛けてきた。

「あのお、おたくさんら、角舘さん方じゃあないですか」

若い男は綿入りのジャンパーを着ていた。その腕に「望海荘《ぼうかい》」と書かれたワッペンが貼られている。

角舘は、大仰な態度で答えた。

「いかにも、私が角舘だ。あんた、江渡《えと》さんところの人かね」

「そうです。お迎えにあがりました」

男は軽く頭を下げると、車まで三人を先導した。

江渡和平《わへい》は、角舘の古くからの将棋仲間だった。温泉街の元締めで、今回、東明と元治の対局の場所を提供した宿主だ。四段の免状を持つ角舘に比べ、棋力は初段そこそこと心もとないが、将棋への熱意という点では、負けていないという。青森へ向かう車中で、角舘からそう聞いていた。

迎えの男は雪道に強そうな小型のジープに三人を乗せると、積雪のため細くなった道路を、海に向かって走らせた。

対局の場となる望海荘は、その名のとおり海を望める高台にあった。造りは古い日本家屋の平屋で、明治時代に建てられたものだという。日本家屋には珍しい、観音開きの入り口にはめ込まれた色付きの窓ガラスが、文明開化の往時をしのばせた。かつては、名の知れた歌人が別荘にしていたことを誇るように、玄関を入ってすぐの壁には、歌人直筆の歌が飾られていた。

男は桂介たちを応接室へ案内すると、ここで待つように言い残し部屋を出ていった。

海風が吹き付ける北の街は、まだ真冬のような寒さだ。暖炉で赤々と薪が燃えているが、一度冷えた身体はなかなか温まらない。桂介はボアのスリッパのなかで、冷えて感覚がなくなった足先をもじもじと動かした。

ほどなく、ひとりの女を引き連れて、和服姿の男が現れた。女は無地の着物に白いエプロンをつけている。この宿の仲居らしい。

男は羽織の裾を大げさに後ろにはね上げて、桂介たちと向かいあう形でソファに座った。

「角舘さんからお聞き及びとは思いますが、私がこの宿の主、江渡です。遠いところ難儀でしたな」

江渡はそう言いながら、時代がかったカイゼル髭を指で撫でた。

望海荘の主とは古い付き合いの角舘が、気さくな感じで言葉を返す。

「岩手もまだまだしばれるが、こっちには負けますなあ」

「今年は例年に比べて冷え込みが厳しくてねえ。この分じゃあ、白鳥の北帰行《ほっきこう》もまだまだ先でしょうな」

ふたりは他愛のない世間話を続けていたが、話が途切れたところで、江渡が待ちかねたように東明に声をかけた。

「ところで東明さんは、青森には何度か、いらしているようですなあ」

東明は人前で見せるいつもの腰の低さで答えた。

「はい。旦那さんはよくご存じで」

江渡はソファに深く背をもたれ、くつろいだ口調で言った。

「鬼殺しのジュウケイの名は、こんな田舎にまで轟いているからねえ。あんたは近所を散歩するくらいの気持ちでやってくるんだろうが、このあたりの将棋指しにとっちゃあ大事《おおごと》だ。あの重慶が来たってんで、大騒ぎですよ。私もひと目顔を拝みたいと思っていたが、私の耳に届くころには、もうあんたはどっかに行ってしまっている。今日は、恋い焦がれた相手に会えた心持ちだよ」

物言いは柔らかだが、声には明らかな不満の色が滲んでいた。ここに来ていながら、俺になぜ挨拶がなかったのか、と内心、文句を言いたいのだろう。

将棋は駒の取り合いであると同時に、精神的な戦いでもある。相手の心の裏側を読みながら、次の手を考える。アマチュア最強と呼ばれている東明が、江渡の恨み節に気づかないわけがない。東明は反論も言い訳もせず、江渡の意を汲んで、膝に額がつくぐらい頭を下げた。

「野暮用《やぼよう》で寄っただけなので、これまで顔見せもせず、すみませんでした」

下手に出る東明を見て、溜飲が下がったのだろう。江渡は肩から力を抜いて、ドアの側に立っている仲居に酒を持ってくるように命じた。

一度下がった仲居が持ってきた酒は、日本酒ではなかった。どぶろくだ。

江渡は一升瓶に蓋をした藁を抜き取ると、テーブルの上に置かれたコップに注いだ。

「こいつは自家製で、わしの自慢なんだ。口が堅くて気に入った客人にしか出さない」

勧められるままひと口飲んだ桂介は、思わず咽せた。酸味が強い。

咳き込んでいる桂介を見て笑いながら、江渡が角舘に訊ねた。

「このお坊ちゃんが、味噌蔵のご子息ですか？」

桂介はきょとんとした。いったいなんの話をしているのだろう。誰かと勘違いしているのだろうか。

桂介は誤りを正そうとした。が、それより先に東明が口を開いた。

「ええ、そうです」

桂介は驚いて、隣に座る東明を見た。東明が目の端で桂介を見返す。目が、話を合わせろ、と言っていた。

視線の強さに圧され、桂介は口から出かかった言葉を喉の奥に押し込んだ。本当は味噌蔵のご子息などではなく、味噌蔵で働く親を捨てた、貧乏な学生だ。江渡に嘘を吐くのは気が引けたが、ここで話を合わせなければ、あとで東明からなにをされるかわからない。

「ところで――」

江渡の関心は、桂介からすぐに逸れた。話の矛先が変わる。

「鉈割り元治との対局に使う例の駒、お持ちいただけたんでしょうな」

桂介は身を固くした。初代菊水月作の駒のことだ。

東明は、どぶろくが入ったコップをぐいと傾けた。

「もちろんです」

江渡の目が、好物を前にしたそれのように輝く。ひと膝前に乗り出すと、東明に頼んだ。

「その名駒を、対局の前に見せてはもらえんかなあ」

東明は江渡の頼みをさらりとかわした。

「それより、元治さんの身体の具合はどうですか」

自分の道楽を他人の健康より前に押し出すことが躊躇われたのだろう。江渡は素直に、東明の話に乗った。

「おたくさんたちも耳にしてると思うが、芳しくないねえ。正直、長くはねえだろう。本人もそれがわかっているから、三年前に引退したんだ。あれだけ呑んだら、どんなに頑丈な肝臓だっていかれちまう。物を言わぬ臓器が音を上げたらおしまいよ」

「いや」

東明が首を振った。

「俺が聞きたいのは、やつの寿命じゃァありません」

ふたりのやり取りを黙って聞いていた角舘が、横から口を挟んだ。

「寿命じゃないっていうなら、なにが聞きたいんだ」

東明はどぶろくが入っているコップを、手のなかでぐるりと回した。

「やつの身体は、俺との対局のあいだ持つのかどうか、聞きたかったんで」

角舘と江渡は、互いの目を見やった。東明の言葉を聞いて、相手がどう感じたのか探り合っているようだ。互いの顔色から、意見の一致を見たのだろう。江渡はいきなり声をあげて笑った。

「おいおい。いくら長くないとはいっても、明日お迎えが来るほどじゃあないだろう。どれほど将棋が好きでも、そのくらい悪いなら今回の話は受けないはずだ。いまごろ病院のベッドの上で、お経を唱えているだろうよ」

コップに形だけ口をつけながら、桂介は心のなかで江渡の言葉を否定した。元治は東北最強と称された真剣師だ。一度、アマ名人にもなっている。それほどの名を持つ将棋指しならば、明日命が尽きる身体だったとしても、東明との対局にきっと来る。東明は桂介とはじめて出会った日、元治は最後のひと花を咲かせたくて勝負の相手を探しているのだ、と言っていた。

ドアをノックして、仲居が部屋に入ってきた。持ってきた皿をテーブルの上に置く。炙《あぶ》ったばかりの烏賊《いか》の一夜干しだった。

江渡はどぶろくの瓶を、東明に差し出し、からかうように言う。

「敵の身体を気遣うなんて、鬼殺しのジュウケイも人の子だったか」

東明はなにも答えず、江渡の酌を受けた。

違う——

桂介は胸のなかでつぶやいた。

東明は元治の身体を気にしているのではない。対戦の途中で元治が倒れてしまったら、手に入る金が減ってしまうのではないかと危惧しているのだ。対局は七局。棒に勝てば七百万円が懐に入るが、元治が倒れて二局しか指せなかった場合、勝っても二百万円にしかならない。

目の隅で横を見ると、東明は床を見ていた。睨むような鋭い目には、慈悲や哀れみといった甘い感情は一切ない。頭のなかには、金のことしかないのだ。

桂介の背中に、寒さとは違う震えが走った。

元治を見た桂介は、なにかに喩えるならこの老人は即身仏だ——そう思った。

表情がない顔の色は土色で、身体は理科室にある人間の骨格模型を、皮で覆っただけのようだった。肩に丹前を羽織った浴衣の合間から、肋骨が浮いた胸元が見て取れる。深く窪んだ眼窩《がんか》に埋もれた目はどんよりと濁り、まるで生気がない。桂介ははじめて、死相というものを間近に見た気がした。

元治は宿に来てから、ひと言も口を利いていない。正しくは、言葉を発する気力もないのかもしれない。首をわずかに縦か横に振ることで、己の意を伝える。

対局の場となる奥座敷には、東明と元治が向き合って座っていた。ふたりのあいだには、将棋の盤がある。語り部の宿で、東明と米内の対局に使われた盤にも引けを取らない立派なものだった。

自分が持っている盤とどちらが良品か気になるのだろう。角舘は盤を四方から眺めている。

盤のすぐ横には、小ぶりの文机が置かれていた。その上に、百万円の束がふたつある。元治と東明の賭け金だ。無造作に置かれた大金が気になり、正座した桂介は何度も尻の座りを直した。

立会人の江渡が、柱にかかっている振り子時計を見て、それが合図でもあるかのように、軽い咳ばらいをした。

「そろそろ時間になりますので、お願いいたします」

時計の針は、六時五分前を指している。

江渡の神妙な声に、部屋の空気がぴんと張り詰めた。

座敷に入るのは、七人の男とひとりの女だ。

雪見障子を背にして元治、その向かいに東明。床の間に近い上座には立会人の角舘と江渡が座っている。桂介は東明の後ろ、入り口の襖近くにいた。元治の斜め後ろに控えている女性は、元治の娘の孝子《たかこ》だ。歳のころは四十代半ばだろうか。万が一のことを考えた、元治の介添え役だという。

盤を挟み角舘たちと対峙する形で、網島《あみしま》と貝原《かいばら》という男がいた。網島は浅虫温泉協会の、貝原は浅虫観光協会のそれぞれ会長だという。

ふたりは記録係と時計係という名目で、同席していた。あとで江渡から聞いた話によると、網島と貝原は大の将棋好きで、どこからか東明と元治の対局を聞きつけ、世紀の真剣をこの目で見たい、と江渡に頭を下げて頼み込んだようだ。

「それでは、今回の対局に使う駒を出していただけますかな」

江渡がそう言いながら、東明を見る。東明は後ろを振り返り、桂介に向かって顎をしゃくった。

桂介は側に置いていた風呂敷包みの結び目を解くと、駒箱を両手で捧げ持った。

そのまま膝を擦り、盤の横まで行く。蓋を開け、駒袋の中身をゆっくりと、盤の上に流し出した。

生気を失っていた元治の目が、見開かれる。

上座のほうからは角舘と江渡の、息を呑む気配がした。記録係と時計係を務めるふたりは、尻を浮かせ、身を乗り出して盤上の駒を凝視した。

これは——江渡が唸るように声をあげた。

「見事な駒ですな」

記録係の網島が顎に手をやり、溜め息を漏らした。

「そのあたりにある駒とは、迫力が違いますね」

横で肯く時計係の貝原の頬が、見る見る紅潮していく。つぶやくように言った。

「値段の、桁が違うな、これは……」

名駒を前に我慢ができなかったのだろう。江渡が盤側に近寄る。

「ちょっと失礼」

返事を待たず、王を手に取った。顔がつくほど目を近づけ、感心したように首を振る。

「名前は知っているが、初代菊水月作の駒をこの目で見るのははじめてだ。いや、これはすごい。この駒を見られただけでも、場を提供した価値はある」

駒を戻しながら江渡は言った。

角舘が、まるで自分の手柄のように胸を張った。

「どうです。素晴らしい駒でしょう」

元治と東明を交互に見やり、続ける。

「名駒に負けない、名局をお願いしますよ」

余計なお世話だと言わんばかりに、ふたりの真剣師は無言で駒を並べている。勝負の気が高まってきたのか、角舘のことなどまるで眼中にないようだ。

余計なひと言を悔いたのか、角舘はバツが悪そうに首の後ろを掻くと、それきり黙った。

座敷のざわつきが静まり、駒が所定の位置に並べられたことを確認すると、盤側にいた江渡は、一礼して言った。

「では、駒を振らせていただきます」

失礼、と小さく元治に声をかけ、中央の歩を五枚、手に取る。ひとつ息を吸うと、駒を収めた両手を上下に振った。静かに息を吐き出しながら、駒を盤の横で投げる。

畳の上に、駒が転がった。

表の「歩」が一枚、裏の「と」が四枚——

東明の先手だ。

幸先がいい。

桂介は膝に置いた手を、小さく握った。

将棋は囲碁ほどではないが、先手が有利であることに変わりはない。勝率の差はわずか数パーセントだが、先手になれば少なくとも、自分の望む戦法を採用できる。

居飛車であろうが、振り飛車であろうが、あらかじめ作戦が立てやすいのだ。

したがってプロのタイトル戦は、七番勝負なら七番勝負の第一局に駒を振り、あとは先後入れ替わりになる。三回ずつ先手と後手を繰り返し決着がつかなければ、第七局目は再び、振り駒によって先後を決めるシステムだ。が、今回の勝負は、負けたほうが次の局の先手になる決まりだった。もし一局目を落としたとしても、東明はこれで、二局続けて先手を持つことができる。

——東明の心に、余裕が生まれるはずだ。

桂介は、東明との昨夜のやり取りを思い出した。

「賭け金が一局分しかないのに、最初で負けたらどうなるんですか」

そう訊ねる桂介を、東明は怒鳴りつけた。

「うるせえ！　俺が勝つ、つったら勝つんだよ！」

東明は身体をごろりと転がすと、桂介に背を向けた。これまでに見たことがないほどの剣幕だった。それ以上なにも言えず、桂介は口を閉ざした。

自分は付き添いで来ているだけだ。もし、初戦で東明が負けても、困ることはない。もしかしたら、東明のなかには、苦境に立たされたときの策がすでにあるとも考えられる。そうだ。策士の東明のことだ。きっと、口にはしないだけで、いざというときの対策は胸にあるのだろう。そう自分に言い聞かせ、桂介は眠りについた。

しかし中盤を迎えたいま、局面は一向によくならない。素人なら一方的にやられているところを、東明ならではの強手、妙手で凌いでいるが、差は徐々に開いてきた。

元治と対峙している東明の背中を見ていると、あの夜の自制は揺らぎ、束の間の安堵の揺りかごは、砕け散っていた。底知れぬ不安で胸が膨らみ、心臓が圧迫される。暗い海中に、放り出された気分だ。息が詰まり、胸は酸素を求めて悲鳴をあげている。

いまならわかる。初戦で負けたときのことなど、東明はなにも考えていなかったのだ。

もしかすると、対局直前、ぶるっと東明の肩が震えたのは、通常の武者震いではなかったのかもしれない。負けたときの金の工面の不安からくる焦りと恐怖も、あの震えのなかにあったのではないか。

だとすればなぜ、あんな嵌《は》め手を指したのか——同じ疑問が、また頭を過る。

桂介は静かに畳から立ち上がった。

気が張り詰めていて気づかなかったが、尿意が限界に達していた。対局が行われている座敷は、客間と次の間が続きになっている。桂介は対局場の客間に背を向けると、次の間の襖を開けて廊下へ出た。

手洗いに行っても、尿はなかなか出なかった。が、一度出はじめると、堰を切ったように続いた。体中の水分が涸れるのではないか、と思えるほど、長い放尿だった。

頭のなかでは、同じ問いがぐるぐる駆け巡る。

——なぜだ。なぜ鬼殺しなんだ。

あとになって、鬼殺しが東明の得意戦法——素人を嵌めるときの——だと知った。「鬼殺しのジュウケイ」の二つ名は、「鬼を殺すほど強い」という意味からばかりではなく、たびたび採用するこの奇襲戦法から取られたことを、のちに「王将」のマスターから聞いた。

——本人はよ、ハンディキャップのつもりなのさ。正しい対応をされれば不利になる。

それでも勝つほど、力が違う、ってとこを見せつけたいんだろ。

穂高は苦笑いを浮かべ、桂介にそう言った。

しかしそれがわかっていたとしても、桂介の疑問は拭えなかっただろう。老いたとはいえ伝説の真剣師相手に、百万もの大金が懸かった将棋で、最初から不利になる戦法を採用する意図は、まるで理解できない。負けたら、たちまち金に困るのだ。

尿を出し終わると桂介は、上を向いて、ぶるっと身体を震わせた。

手を洗いながら、なんとか自制心を取り戻そうとした。

自分がうろたえても仕方がない。すべて、東明に任せるしかないのだ。

腹を括り座敷に戻ろうとしたとき、後ろから声をかけられた。宿の仲居だった。

着物に前掛けをつけた仲居は、恐る恐る、といった態で、桂介に訊ねた。

「あの、旦那様から七時になったら、お茶と茶菓子を持ってくるように言われているんですが、なかの様子はいかがでしょうか」

仲居が手にしている盆には、二人分の茶と和菓子が載っていた。東明と元治の分だ。

座敷の張り詰めた空気は、襖を通して外にも伝わっているのだろう。仲居が茶を運ぶ頃合いを計りかねている気持ちはわかる。

「よければ、僕が持っていきますよ」

仲居は驚いた様子で首を振る。客にそんなことをさせては、宿の主人に咎められるという。

親切心から口にしたわけではなかった。対局の邪魔をしてほしくない、そう思ったから言った。

将棋は技術だけでなく、対局者のメンタルや対局場の雰囲気が、勝負を支配する。普段はそれほどではなくても、対局中、神経質になる将棋指しは少なくない。風の音がうるさいとか、廊下を歩く足音が耳につく、といった些細なことで集中力を失う人間も、なきにしもあらずだ。将棋雑誌を読んで、そのあたりは桂介も理解していた。

アマチュア高段者としての表の勝負も、真剣師としての裏の勝負も、数え切れないほどこなしてきたふたりが、茶を出されたくらいで気持ちを乱すとは思えない。しかし、部外者が座敷に入っただけで、空気が変わることも考えられる。真剣勝負には、そういった目に見えない場の流れというものがたしかにあった。

「大丈夫です。江渡さんには、僕が無理を言って、頼みを聞いてもらったことにしておきますから」

内心はほっとしているのだろう。安堵の表情を浮かべた仲居は、申し訳なさそうな態を取り繕い、頭を下げて盆を桂介に手渡した。

座敷に戻った桂介は、一度深呼吸をすると、足音を立てないように盤に近づき、元治と東明の横に、茶と和菓子を置いた。

なるべくふたりの顔を見ないよう面を伏せた桂介は、盤の側を離れるとき、目の端で東明をちらりと見た。

目が血走り、額に汗が浮いている。唇は大きく歪んでいた。

桂介はぞっとした。東明と知り合ってまだ数か月にしかならないが、いまの東明は桂介が見たことがない顔をしていた。研ぎ澄まされた刃を胸元に突き付けられたら、人はこのような顔をするのかもしれない。東明の表情は、そう思わせるものだった。

桂介は盤上に目を這わせた。東明が追い詰められた顔をしている意味がわかった。

東明の玉には、二手すきがかかっていた。二手すきとは、次は詰めろをかけますよ、という意味だ。つまり、あと二手以内に有効な手を指さなければ、東明の玉は詰んでしまう。

しかし有効な打開策は、一目《いちもく》、ありそうになかった。

玉形《ぎょくけい》が違いすぎる。

東明の王将の守りは金一枚。片や元治の王将は金銀三枚でがっちり囲われている。

これでは、さすがの東明も勝ち目はない。

手洗いに立ってから五分も経っていないはずだった。いつの間にこれほど、手が進んだのか。

あとで棋譜を調べるとこの間、互いにほとんどノータイムで、十三手が指されていた。

勝負がすでに決着したとわかっているのは、桂介のほかに元治、そして、ほかならぬ東明だけだろう。対局者以外の男四人は、いまだ目を輝かせて勝負の行方を追っていた。

桂介はそっと盤側を離れた。

盆を仲居に返すため、次の間から廊下へ出た。

後ろ手に襖を閉めた途端、膝ががくがくと震えはじめた。力が抜け、思わず床に膝をつく。

桂介に気づいた仲居が、驚いて駆け寄ってきた。

「どうしました。気分でも悪いんですか」

俯いた桂介は仲居に向かって右手をかざし、騒がないでくれ、という仕草をした。

吐く息の合間に、ようやく声を絞り出す。

「恥ずかしい話、足が痺れてしまいました。少しのあいだこうしていれば、すぐ治まります。どうかお構いなく」

仲居は安心したように息を吐くと、盆を受け取り、廊下の奥へ下がっていった。

桂介は廊下の壁に背を預けて、立膝をついた。

――東明は、負ける。

思考が暗い海のなかへ、沈んでいく。

金のことが、渦に巻き込まれた木の葉のように、頭のなかで舞った。

ガラス窓の隙間から入り込む風が、甲高い口笛のような音を立てた。

そのたびに、天井からぶら下がっている裸電球が揺れる。畳の上に映る自分の影がゆらゆらしているが、それが揺れる灯りのせいなのか、自分の身体が震えているせいなのかわからない。

寝泊まりする布団部屋で、桂介は東明と向かい合っていた。薄暗い部屋のなかで、東明が吸う煙草の火がぽつんと浮いている。

東明が二本目の煙草を灰皿で揉み消したあと、桂介は訊ねた。

「どうするんですか」

怒気を込めたつもりだったが、実際に口から出てきた言葉は、病人のように弱々しいものだった。

桂介の問いに答えず、東明は脇に置いた煙草の箱から三本目を取り出し、マッチで火をつけた。鼻をつく臭いがする。

なけなしの百万円を賭けた大勝負は、東明の投了で終局を迎えた。

腕を組み、宙を見上げたあと、負けました、と頭を下げる東明の後ろ姿が浮かぶ。

投了の瞬間、東明の肩がぶるっと震えたのを、桂介は見逃さなかった。部屋のなかに、微かな溜め息が満ちた。

百三十六手――序盤の大差を思うと、信じられない長手数《ちょうてすう》だった。終盤、石に齧《かじ》りつくように粘る東明の指し手には、鬼気迫るものがあった。百手を超えたあたりから、元治の肩は呼吸に合わせて大きく上下した。体力を消耗し、限界に近づいているのが、傍目にもわかった。

感想戦はなかった。あとで知ったが、本物の真剣師同士の対戦で感想戦が行われることは、滅多にないらしい。プロの対局と違い、自分の読み筋や手の内を曝《さら》け出すことは、自殺行為と見做されるからだ。弱肉強食の世界で綺麗事にかまける人間は、いずれ取って食われる側に回る。三味線を弾きながらの感想戦は、神経を磨り潰すだけでなんの有益性もない。無駄なことはやらない。銭にならないことは無視する。それが、真剣師の心構えだ、と東明はあとで桂介に教えてくれた。

立ち上がることすらしんどそうな元治は、明日の試合に備えるからと、孝子に支えられながら部屋を出て行った。元治の骨のような手には、勝った分の賭け金がしっかりと握られていた。

元治がいなくなると、角舘や江渡らは一斉に、それとわかる溜め息を吐いた。伝説の真剣師同士の勝負に我を忘れて見入っていたのだろう。やがて、すっかり冷めた茶で口を湿らせると、誰もがふたりの見事な指し回しを褒め讃え、明日からの二局目が楽しみだ、と口々に述べた。

男たちの話を、桂介は背筋が凍るような思いで聞いていた。

明日の対局はない。東明が用意していた賭け金は、一局分だけだからだ。

桂介は東明の背を見つめた。東明は畳からゆっくりと立ち上がると、一同に頭を下げ、そのまま部屋をあとにした。

布団部屋に戻っても、桂介はしばらく口が利けなかった。言いたいことは山ほどあった。しかし、なにから言えばいいのかわからない。頭が混乱していた。しばらく経ってやっと出てきた言葉が、どうするんですか、という問い掛けだった。

東明は桂介の問いには答えず、胡坐をかいたまま、黙って煙草を吹かしている。部屋のなかが薄暗いうえに、東明は石油ストーブを背にしているため、逆光で顔は見えない。その姿がまるで開き直っているように見えて、桂介の頭に血が上った。

正座した自分の膝頭を摑み、語気を強める。

「どうして、鬼殺しを使ったんですか。あれは格下相手に使う嵌め手だ。あなたが鉈割り元治を、甘く見ていたとは思わない。俺には、あなたがわざと負けにいったとしか思えない」

桂介は膝を擦って、前に身を乗り出した。

「鬼殺しを使った理由はなんですか。どうしてあんな手を指したんですか」

詰め寄った桂介は、ぎょっとして身を引いた。

東明は俯いたまま、目だけをあげて桂介を見た。その目は、氷のように冷たい憎悪を宿していた。これ以上なにか言ったら、なにをされるかわからない、そんな恐ろしさを桂介は感じた。

東明は三本目の煙草を灰皿で消すと、自分の布団を乱暴に敷いた。

布団に包まると、東明は桂介に背を向けたまま、ぼそりと言った。

「なんとかする」

桂介は尖りそうになる口調を、どうにか抑えた。

「なんとかっていっても、ない金をどこから持ってくるんですか」

沈黙——

遠野での夜が思い出される。東明が桂介に背を向けて黙り込んだら、もうなにを聞いても答えない。

桂介は正座の足を崩すと、膝を抱えた。

東明はいったいなにを考えているのだろう。今晩中に、二局目の賭け金百万円を用意することなど不可能だ。東明が言う「なんとかする」とは、二局目以降の対局ができないことを正直に話して詫びるということだろうか。

いや、違う。

桂介は頭に浮かんだ考えを、即座に打ち消した。

死期が迫る元治にとっては、この対局が最期の勝負だ。命を燃やし尽くすための七番勝負が、一局指しただけで終了しては、死んでも死にきれないだろう。

元治の思いは、同じ真剣師である東明が一番知っているはずだ。真剣勝負に命を削ってきた男に対して、勝負を途中で放棄する無様な姿は、なにがあっても見せたくないだろう。それだけではない。目の前にぶら下がった大金を前にして、尻に帆をかけて逃げ出すような真似を、あの東明がするはずがない、と桂介は思った。

やはり、東明は明日までに賭け金をなんとかするつもりなのだ。しかし、いったいどうやって――

窓の隙間から、風が吹き込んだ。

天井の裸電球が揺れて、桂介の影も揺らぐ。

膝を抱き、あいだに顔を埋《うず》めた。

いくら考えを巡らせても、自分にはどうすることもできない。東明がなにを考えているかわからないが、すべてを任せるしかない。

桂介はゆっくり立ち上がると、自分の布団を敷いて、電気を消した。石油ストーブの火を点けたまま、布団に入る。

目を閉じて風の音を聞いているうちに、昂ぶっていた神経が落ち着いてきた。一度気持ちが鎮まるとすぐに眠気が差してきて、あっという間に眠りに落ちた。

自分の部屋でも宿でも、桂介は東明よりも先に目覚めたことがない。

朝、目が覚めると、布団のなかに東明の姿はなかった。慌てて枕元に置いた腕時計を見ると、ちょうど七時になろうとしていた。肉体も精神もかなり疲れていたのだろう。すっかり寝込んでいて、東明が起きたことに気がつかなかった。

急いで二人分の布団をあげる。東明を探しにいこうとしたとき、布団部屋の襖が開いた。東明だった。手に、石油ストーブのポリタンクをぶら下げている。

「起きたら油切れで火が消えてた。寒くてたまらんから、仲居に頼んで油をもらってきた」

東明は、石油ストーブに灯油を入れ火をつけた。

東明がいないことばかりが気になり、ストーブが消えていることがわからなかった。言われて、部屋のなかが冷え込んでいることに気づいた。

ストーブに向かう形で座り、東明は煙草を吸いはじめた。昨夜となんら変わりがない様子に、再び不安が込み上げてくる。

今日の対局、どうするつもりなのだろう。いま一度、訊ねてみようか。そう思ったとき、襖の向こうから声がした。

慌てて立ち上がり襖を開けると、仲居が立っていた。

「朝ご飯の用意ができました。広間にお越しください」

「ありがとうございます」

東明がストーブに背を向けて、仲居に向かい深々と頭を下げる。桂介に対するのとはまったく違う態度だ。如才がない。

朝食を摂り、布団部屋に戻ったときは八時になっていた。

対局は九時からだ。もう時間がない。さすがに我慢ができず、桂介は訊ねた。

「まもなく二局目がはじまります。賭け金、どうするつもりなんですか」

畳に寝そべり、天井を見上げていた東明は、そのままの姿勢で言った。

「金はなんとかなった」

「え」

桂介は短い声をあげた。百万もの大金を、ひと晩でどうやって用意したのか。訊ねると、東明は淡々と答えた。

「角舘が用意してくれる」

「角舘さんが……」

たしかに角舘なら、そのくらいの金は用意できるだろう。しかし、いくら金に困らない旦那衆であっても、なんの担保もなしに、無一文の東明に金を貸すだろうか。

東明はむくりと起き上がると、丹前の懐から一枚の紙片を取り出して、桂介の前に置いた。

「だから、これにサインしろ」

桂介は紙片を手に取り、書かれている文言を読んだ。口が半開きになり、目が見開かれるのが自分でもわかった。

便箋ほどの大きさの和紙には、重々しい墨字でこう書かれていた。

――初代菊水月の駒を、角舘銀次郎に、金四百万円で譲る。

「そんな……馬鹿な！」

目を疑う。

和紙を持つ手が震えた。

「あの駒を売るなんてできません！　あの駒は恩人から譲り受けたもので、俺にとっては大切な……！」

朝食の席での角舘の顔が目に浮かぶ。飯を口に運びながら、周囲に愛想を振りまいて機嫌よくしゃべっていた。上機嫌の理由はこれだったのか。

「対局が終わるまで、預けているだけだ。売るわけじゃねえ」

東明が懐から小切手を取り出す。右手には、百万円の小切手が四枚握られていた。

桂介は首を激しく横に振った。

「嫌です！　絶対に嫌です！」

東明を睨みつける。

「なんとかするって、俺の駒を当てにしていたんですね。ひどい。ひどすぎます！　俺はそんなつもりで旅打ちについてきたんじゃない！」

「うるせえ！」

狭い部屋に、東明のだみ声が響いた。

空気を震わせる大喝に、息を呑む。

東明が近づいた。桂介のセーターの胸ぐらを摑む。鼻先が付くほど引きつけた。声を潜めて言う。

「いいか。勝負はあと六番だ。元治《やっ》を見たろう。思っていた以上に弱ってやがる。あの身体で、全部の勝負をきっちり指せるはずがねえ。必ず途中でへばる。まともに将棋が指せるのは、せいぜいあと二局が限度だろうよ。指し分け以上で俺が勝つのは確実だ。残りの六局、もし三勝三敗だったとしても、金は移動しねえ。手元に角舘が振り出した分の小切手は丸々残ってるんだ。その場で駒を買い戻せる。角舘とは、そういうことで話がついている」

東明は一気に捲し立てると、摑んだ手を乱暴に離した。

突き飛ばされた弾みで、桂介は畳に尻をついた。後ろに手をつき、身体を支えながら東明を見つめる。

東明の言い分には肯ける部分があった。元治は、昨夜の一番を指しただけでも、かなり体力を消耗していた。

残りの六番は、三番ずつ、二日間にわたって行われる。今度の戦いは七番すべて指す。元治は残り六局をまともに指せるどころか、途中で倒れかねない衰弱ぶりだ。東明が負け越すとは思えない。駒は必ず自分の手元に戻るはずだ。

そう思うと、桂介の気持ちが揺らいだ。一時的になら、駒を角舘に預けておいてもいいのではないか、そんな考えが頭を過る。

それに――

桂介は昨夜の対局を思い出した。

東明の鬼殺しは納得がいかなかったが、対局そのものは見事だった。片や命を削り、片や身を削る真剣勝負など、滅多に拝めるものではない。あの、体中の血が滾《たぎ》るような熱い勝負を、ここで終わらせてしまうことには、それでなくても躊躇があった。

桂介の心の揺らぎを、東明が見逃すはずはなかった。

脇のボールペンを桂介の手に握らせると、和紙をちゃぶ台の上に置いた。

「心配するな。俺は必ず勝つ。お前に、一生忘れられない将棋を見せてやる」

東明と視線がぶつかる。

桂介を睨みつける目には、強い自信が漲《みなぎ》っていた。俺を信じろ。目がそう言っている。

桂介は半ば操られるようにボールペンを取り、和紙にサインをしていた。

文机に置かれた百万円の小切手を見ながら、元治は怒気を含んだ口調で訊ねた。

「これはなんだ」

東明は傍らの灰皿を手元に引き寄せ、煙草に火をつけながらぼそりと答えた。

「なにって……見りゃァわかるだろ。金だよ」

元治は喉笛を食い千切らんばかりの殺気の籠った目で、東明を睨め付けた。

「金ってのはな、こういうのを言うんだ！」

語気を強め、自分の百万円を手に取って叩きつけるように文机に置く。

「まあまあ、元治さん」

角舘が宥めるように、割って入った。

「こりゃあ、俺が切った小切手だ。安心してくれ」

目だけをぎらつかせ、元治が角舘を凝視する。納得できない、という顔だ。

角舘の視線が、これまで見たことのない険しさを帯びた。

「俺も――」

立会人席で着物の右袖を手で捲り上げ、角舘は見得を切るように言った。

「奥羽じゃァ、ちったァ知られた男だ。紙くずになるような真似はしねえよ」

重い沈黙が、部屋を支配した。聞こえるのは、しゅんしゅんという、ストーブの上の薬缶が湯気を立てる音だけだ。場の空気に呑まれたように誰もが、黙って成り行きを見守っている。

沈黙を破ったのは東明だった。

「俺ァ、やめてもいいんだぜ。これからいくらでも将棋は指せるからな。けど、あんた――」

紫煙を吐き出しながら、雪見障子に目をやって言った。

「あと何番指せるんだい、俺クラスの男とよ」

これが最期の大勝負になることは、最初から元治もわかっているはずだ。そっぽを向く東明の顔を憎々しげに睨んでいる。やがて大きく息を吐くと、静かな声に戻って言った。

「いいだろう。はじめよう」

言いながら、駒を並べはじめる。

東明も倣った。

場に、ほっとした空気が流れる。

双方が駒を並べ終えると、立会人の角舘が声を張った。

「では、いまから二局目をはじめます。先手は東明六段」

東明はぐるりと首を回すと、盤上を見つめて駒に手を伸ばした。

ピシッ。

座敷の空気に、切り裂くような高い駒音が響く。

東明の後ろで、桂介は膝の上に置いた手を握りしめた。

朝九時からはじまった二日目の対局は、日付を跨ぐ深夜まで続いた。昼食と夕食の休憩を除いて、およそ十三時間以上、将棋を指していた計算になる。

二日目の三局。すべて東明が勝った。

この日最後の対局を終えた元治は、恐ろしい顔で盤上を睨んでいた。肩に羽織った丹前がずり落ちそうなほど、前のめりに身を傾げている。そのまま頽《くずお》れるのでは、と心配になったほどだ。

将棋盤を前に動けずにいる元治の姿は、まるで抜け殻のように見えた。体力の消耗が激しく、肉体的に限界に達していることは、傍目にも明らかだった。

今回の勝負は、七番、決着がつくまで行う決まりだ。二日目と三日目は三局ずつ指す予定になっていた。双方入玉して勝負が引き分けとなる持将棋《じしょうぎ》は、数にカウントされない。先後を入れ替えての指し直しになる。

元治の体力を削るべく徹底した長期戦に持ち込み、形勢が不利になると、入玉作戦に出た。体力に圧倒的優位性を持つ東明は、最初からこれを狙っていたのだろう。引き分けになればそれだけ不利になることを承知している元治は、東明の入玉を阻止することに腐心するあまり、攻め手が緩くなった。決めるべきところで決められず、三番とも、一手違いの即詰みに討ち取られた。

膝を正し、立会人に頭を下げる東明を見ながら、桂介は思った。昨日の一局目から今日のような作戦を取っていれば、駒を担保に小切手を切るような面倒はしなくて済んだはずだ。自分も不安に苛まれることはなかった。

心のなかで東明を恨んだが、三局すべて勝ち、駒を買い戻せるいまとなっては、心臓がひりつく勝負を眼前にできた幸運のほうが遥かに勝ることを、認めざるを得なかった。

布団部屋で寝転がる東明に、桂介は切り出した。

「明日の朝、とりあえず、駒を買い戻してください」

「そりゃァ、できねえ相談だな」

「どうしてですか！」

桂介は声を荒らげて詰問した。

「あれは俺の駒ですよ。今日、あんたは三番勝った。あんたのカバンのなかには、四百万分の小切手と現金が三百万あるはずだ。駒は買い戻せるじゃないですか！」

東明は煙草を口にくわえると、横たわったまま火をつけた。天井に向かって、盛大に煙を吐き出す。

「できねえって言ったら、できねえんだよ」

「そんなのおかしいでしょう！」

自分でも思わず、外に聞こえるほど大きな声が出た。

東明は桂介を無視するように、無言で煙草を吸った。

怒りを抑えた声で、桂介は言った。

「小切手は俺のもんだ。返してもらいます」

にじり寄り、東明のカバンに手を伸ばす。

「馬鹿野郎！　勝負にアヤつけるような真似、すんじゃねえ！」

伸ばした桂介の手をぴしゃりと叩き、東明は怒声を張り上げた。人を殺さんばかりの目で、こちらを睨みつける。

桂介は、その場で固まった。

「いいか。よく聞け。賭場で借りた銭はなァ、勝負が全部終わってから清算するもんだ。途中で詰めたりすると、アヤがつくんだよ」

反論しようとして、桂介は口を開いた。が、上手く言葉が出てこない。

「いいから、俺に任せろ。今日の勝負を見てたらわかるだろ。元治にもう、力は残ってやしねえ。どう頑張ったって、残り三つのうちひとつ、俺を刺せるかどうかだ。万が一、俺が全敗したとしても、お前の駒をカタに振り出させた小切手は丸々残る。勝負が終わりゃァ、確実に買い戻せるってことよ」

　確かに東明の言うとおりだ。だが桂介は、一刻も早く、自分の駒を手元に戻したかった。言いよどみながらも、執拗に食い下がった。

「だ、だから、小切手はもう、必要ないじゃないですか。俺に渡してください」

　東明が呆れたように目を見開いた。

「馬鹿か、お前は。そんなことすると、アヤがつく、って言ってんだろ！」

「いや、でも……」

　桂介は畳に目を落として言葉を探した。

　煙草を灰皿に押しつけ、言い聞かせるように東明が言葉を発する。

「勝負の女神はなァ、余計なこととして流れに逆らうと、そっぽを向くんだよ。勝負ってのはなァ、そういうもんだ。よく覚えとけ」

　桂介は俯いたまま、自分の膝をじっと見つめた。冷静に頭のなかで計算する。

　ここで言い争っても仕方ない。一度言い出したら、東明はもう聞かないだろう。明日の三局を東明が全敗したとしても、小切手は動かない。必ず駒を取り戻すことはできる。

　桂介は顔を上げ、大きく息を吐き出した。

　それを了承の印と受け取ったのか、東明は軽く肯くと、大きく伸びをした。

「おい、布団を敷け。疲れた。もう寝る」

桂介は言われたまま、立ち上がり、東明と自分の分の布団を敷いた。

尿意を催し、部屋を出る。

桂介が手洗いから戻ってくると、すでに東明は鼾をかいていた。

「では、これより第七局をはじめます」

角舘の合図で、最後の勝負がはじまった。時刻は夜の九時を過ぎている。元治は幽鬼のような顔で、盤上に手を伸ばした。駒を持つ右手の肘が、微かに震えている。体力は限界を超えているように見えた。

最終日――

五局目と六局目は、東明の圧勝だった。

後手番の東明は、飛車先を突く先手の☗2六歩に☖3四歩、☗7六歩に☖4二飛と、角道を止めずに飛車を振った。角交換は一般に振り飛車が不利で、飛車を振る場合はいったん角道を止めるのが常道だった。

しかし東明は、角道を開けたまま平気で飛車を振った。

先手から角交換にくれば、☖同銀と取って一手得《いってどく》。☗2五歩と飛車先を伸ばされても☖3三銀と備え、角の打ち場所を消しながら玉を囲い、☖2二飛と向かい飛車に構え反撃するのが、東明の狙いだろう。

自分から角交換にいけば一手損《いってぞん》。かと言って居飛車側が角道を止めれば、持久戦になる確率が高い。そうなれば、体力に問題がある元治の不利は明白となる。

なるほど――

桂介は唸った。

先手は、角道を開いたままでは駒組みが難しい。下手に動くと、自陣に角の打ち込みの隙ができるからだ。一方の後手は、玉を7二まで移せば、いつでも角交換にいける。敵が動かなければ、ゆったりと美濃囲いに組んで、玉を固めればいい。

東明の☖4二飛を見て、元治は長考に沈んだ。

十分後、どこにそんな力が残っていたのかと驚嘆するほどの勢いで敵陣の角を取り、2二へ薪を割るようなモーションで、駒音高く角を成りつけた。

一手損を甘受し、棒銀模様に構え、速攻を選んだのだ。短期決戦に持ち込まないかぎり勝ち目はない。そう踏んでいるのだ。

しかし東明は、元治の思惑をはぐらかすかのように、がっちりと棒銀を受け、徐々に持久戦に敵を誘い込んだ。

どちらの陣営にも隙はなく、先に動けば無理攻めになり、一挙に戦局は悪化する。東明はこれを狙っていたのだ。

どちらにも手はなく、同じ局面が三度、盤上に再現された。四回目になれば千日手《せんにちて》――

千日指しても局面は変わらないという膠着状態が、確定する。そうなれば、先後入れ替えての指し直しだ。入玉作戦と同様に、元治の体力はひたすら削られる。

元治としては、無理にでも打開するしかない。

持ち時間いっぱい考えて、元治は☗1五歩と端にアヤをつけてから3筋を攻めた。いや、攻めた、というより、攻めさせられた。

この瞬間、形勢は大きく動き、東明圧勝の流れができる。元治はそれでも、何度か勝負手を捻り出し、一手違いの「詰めろ」まで東明を追い込んだ。が、最後は、読み切った東明に即詰みで討ち取られた。

六局目も、後手の東明は前局とまったく同じ戦法をとる。結果はまたしても、無理攻めを強いられた元治の惨敗だった。

元治が投了したのは午後六時。一時間の夕食休憩を挟んで七時から、最終局は行われる予定だった。

が、元治の憔悴しきった身体を案じ、付き添いの孝子が、父親に対局放棄を進言する。

しかし元治は、頑として首を縦に振らなかった。なにがなんでも、最後まで勝負を続ける、と言い張った。

立会人の角舘と江渡は、元治の体調を心配し、折衷案として夕食後さらに二時間の休憩を挟むことを提案した。

東明はその提案をあっさり呑んだ。

すでに魚は網のなかに追い込んである。焦って引き上げようとして、最後の百万円を取り逃がすより、時間をかけてでも確実に料理したほうがいい。そう考えたのだろう。

最終局。先手の元治が採った戦法は、早石田《はやいしだ》だった。☗7六歩に☖3四歩と角道を開け合ったところで、☗7五歩と7筋の歩を伸ばし、飛車を振って石田流の構えを見せたのだ。一局目に東明が指した鬼殺しを進化させた早石田は、プロの戦局でもよく登場する有力な戦法だ。

居飛車一辺倒の元治が飛車を振ったのを見て、東明はわずかに口角をあげた。石田流三間飛車は東明の得意戦法のひとつで、長所も欠点も知り尽くしている。持ち時間の短い将棋で、しかも体力が限界に達しつつある老人を相手に、負ける要素は微塵もない。顔にはそう書いてあった。

ところが、戦局は徐々に、元治の優勢に傾いていく。

中盤――蠟燭《ろうそく》の炎が燃え尽きる前に放つ輝きにも似て、元治は妙手を連発。顔面は紅潮し、眼光はぎらつき生気に満ちていた。

追い詰められた東明は、最後の持ち時間を使って盤上を凝視した。秒を八まで読まれ、駒を静かに自陣に置く。

――☖2一歩。

その場にいる誰もが、打ち間違いだ、と思ったに違いない。事実、桂介は、あっ、と声をあげた。戦いの場と遠く離れた自陣にぽつんと歩を打つ意味が、まったくわからない。

しかし、☖2一歩を見た元治の動きは、ぱたりと止まった。まるで木で作られた彫像のように、微動だにしない。

もしかして――

桂介は気づいた。

もしかして☖2一歩は、手すきになっているのか。

元治の王を王手で追っていくと、上部に逃げられる。が、2一に歩が存在すれば、詰む可能性がある。

桂介は懸命に手を読んだ。もし詰むとしても、手数は三十手を超えるはずだ。一手すきをこの短時間で読み切ることは、プロのトップクラスでも困難を極めるだろう。

――詰むのか。詰まないのか。

手に汗を握り、桂介は応手を待った。

時間ぎりぎりまで考えて元治が選んだのは、自陣に手を入れる「受け」の着手だった。

――やはり、☖2一歩は「詰めろ」なのか。

東明の顔を見ると、勝ちを確信したかのような、自信の笑みが浮かんでいた。

意図はわからない。が、この一手を境に、形勢は混沌の展開となる。

勝負の決着がついたのは、明け方の六時を回ったころだった。

すでに夜は明け、窓から見える庭の樹木に積もった雪が、朝日を反射している。

「負けた、な」

元治がそうつぶやいた瞬間、座敷にいるすべての者が脱力していた。角舘は口を半開きにして宙を見据え、江渡は力尽きたようにがっくりと首を垂れた。網島と貝原に至っては、畳に手を突き、倒れそうになる身体を支えている。

桂介も放心していた。

人間、自分の想像を超えたものを見せつけられたとき、言葉すら失うものなのだと、このときはじめて知った。頭のなかは妙に冴えていたが、心臓は破裂せんばかりに早鐘を打っていた。神経が極限まで昂ぶっている——冷静な頭で、桂介はそう感じていた。

元治は口を利く気力もないのだろう。憔悴し切った身体を孝子に支えられ、座敷を去っていった。

元治が部屋を出ていくと、東明はおもむろに立ち上がった。

桂介は中腰になって訊ねた。

「東明さん、どこへ」

「便所だ」

「ひとりで大丈夫ですか」

東明もぼろぼろだった。足元がよろめいている。

踏鞴《たたら》を踏んだ東明は、自嘲とも取れる苦笑いを浮かべた。

「まだ、介護されるような歳じゃねえ」

金を入れたカバンを手に、ふらつく足で座敷を出ていく。

昂奮が少し収まったのか、角舘や江渡たちは円座を組んで、いま見た対局を熱っぽく語りはじめた。

桂介はその輪に入らず、与えられた布団部屋に戻って腰を下ろすと、東明が戻ってくるのを待った。

小切手を手に入れて、早く駒を買い戻さなければ——それればかりを考えていた。

しかし、いつまで経っても東明は戻ってこなかった。腕時計を見ると、東明が手洗いに行って、すでに三十分は経っている。

まさか、力尽きて倒れているのでは。

不安になった桂介は部屋を出ると、対局場に一番近い手洗いを確認した。手洗いの個室はどこも空いていた。

おかしい。別の手洗いに行ったのだろうか。

建物の奥に向かって廊下を足早に歩いていると、途中で仲居とすれ違った。

桂介は仲居を呼び止めた。

「あの、東明さんを見かけませんでしたか。手洗いに行くと言って、まだ戻らないんですが」

訊ねられた仲居は、不可解な顔をした。

「お連れさんなら、もう宿を出られましたが」

「え」

桂介は短い声をあげた。仲居に詰め寄る。

「いつですか」

桂介の剣幕に驚きながら、仲居は答えた。

「三十分くらい前ですかね」

仲居の話が本当なら、手洗いに行くと言って、東明はそのまま宿を出て行ったことになる。

桂介は呆然と、立ち尽くした。

頭に浮かんだ疑念の雲が、たちまち頭骨を覆い尽くす。突然、脳内で雷鳴が響いた。

――なにもかもが、東明の計算だったのだ。

今回の勝負、最初から七連勝した場合、七百万円しか東明の手元には入らない。しかし、最初の一局を負けて駒を四百万で売却し、残りの六局をすべて勝てば、元治に払った一局目の負け分の百万円を差し引いても、九百万円が懐に残る。棒で勝つより、二百万余分に稼げる計算だ。

桂介はその場に頽れた。

——最初から、桂介の駒を売り払い、金を持ち逃げするつもりだった。だから、一局目に負けるよう、わざと鬼殺しを使った。

はっと我に返り、脳細胞に鞭打った。

東明が宿を出たのは三十分も前だ。いまから追いかけても、捕まえられない。東明はすでに、駅へ向かう車のなかだ。それより、駒だ。駒をなんとかしなければ——

桂介は気力を振り絞って立ち上がると、角舘の部屋へ駆けた。

挨拶もせずに襖を開けた。いた。角舘が振り返る。帰り支度をしているところだった。

「なんだね、いきなり」

眉根を寄せ、桂介をねめつける。

桂介は角舘の前に駆け寄って膝をつくと、頭を畳に擦りつけた。

「駒を、駒を返してください」

角舘の憤然とした声が頭上に放たれる。

「冗談じゃない。あれは私が買ったんだ」

頭を畳につけたまま、桂介は縋るように言った。

「東明に小切手を持ち逃げされました。勝負が終われば、その場で買い戻す約束があったと僕は聞いています。だから、僕に駒を返してください。お願いします」

必死に懇願する。

沈黙が部屋を覆う。しばらくして、角舘が言い聞かせるように口を開いた。

「君、世の中そんなに甘いもんじゃない。いまの話が本当だとしても、騙された君が悪いんだ。駒を返すわけにはいかん」

角舘の言い分はもっともだ、と桂介にはわかっていた。悪いのは小切手を持ち逃げした東明で、角舘は正当な売買をしただけだ。

駒を取り戻すことができないのなら、せめて買い戻す約束を取りつけなければ――

桂介は顔をあげて角舘を見据えると、初代菊水月作の駒をなぜ自分が所有していたのか、理由を説明した。

「その駒は、自分の恩人から譲り受けたものなんです。なんとしてでも、自分の手元に置いておきたいんです。金は、金はきっと、なんとかします。だから、僕が金を用意できるまで、せめて、その駒は誰にも売らないでください。お願いします」

いま一度、角舘に平伏する。

事情を知って、大切な駒を騙し取られた桂介が不憫になったのか、少し考えてから角舘は静かな声で言った。

「わかった。約束しよう」

桂介は勢いよく顔をあげると、角舘の顔を見た。

「ありがとうございます」

声は絞り出したように、掠れていた。

第十三章

支払いを済ませてタクシーを降りた石破《いしば》は、眼前に広がる諏訪湖を見ながら大きく伸びをした。

「やっぱり信州の夏はいいな。同じ暑さでも、関東とはまったく違う。風がさらっとしてるわ」

「そうですね」

つられて佐野《さの》は、胸を張り大きく息を吸った。水辺のせいか空気が涼やかで、汗をかいた身体に心地よい風が吹き抜けていく。

踵を返し背後の家へ視線を移すと、佐野は手帳を開き、書き留めたメモと門柱の住所を照らし合わせた。

「長野県諏訪市表《おもて》仲町《なかまち》三丁目九の二。大河原《おおがわら》。間違いありません。ここですね」

大阪で不動産業を営む菊田が、捜査対象の駒を当時諏訪市に住んでいた大河原信二《しんじ》という人物に売った、との情報を摑んだのは二日前だ。

大阪から大宮北署に戻った佐野と石破は、次の日早速、諏訪中央署に連絡を取り、大河原信二なる男の情報を求めた。菊田が大河原信二に駒を売った時期は、昭和四十一年。いまから二十五年以上前だ。大河原信二がいまも諏訪市に住んでいるのかどうかはもちろん、存命なのかすらわからない。県警刑事総務課を通した依頼は、諏訪中央署の地域課が引き受けてくれた。

あまり人口が多くないからか、調べた課員が優秀だったのか、求めた情報は、その日の午後には入手できた。

諏訪中央署の報告によると、市役所の戸籍や住民票から、大河原信二は十年前に他界したとのことだった。しかし、婿を取った娘夫婦が、いまも同じ住所で暮らしているという。同行します、という諏訪中央署員からの申し出を、石破は断った。諏訪は小さな町だ。住所さえわかれば目的地はすぐ探し出せる、と踏んだらしい。

石破の読みどおり、住所を聞いたタクシーの運転手は迷うことなく、目的地へふたりを運んだ。

大河原家には、昨夜のうちに連絡を入れていた。電話に出たのは、信二の娘の麻子《あさこ》だった。埼玉の警察官からの電話に、ひどく驚いた様子だったが、信二が購入した駒の件を伝えると、戸惑いながらも、麻子は自宅での聞き取りを承諾した。

茶の間に座る麻子は、小柄で華奢な体軀だった。信二が三十歳のときの子供だというから、単純計算して五十代半ばのはずだ。おかっぱ頭の童顔で、歳を聞かなければ、まだ三十代でも充分通る容貌だった。

麻子は佐野の問いに、薄い笑みを浮かべて答えた。

「ええ、その駒のことはよく覚えています。父がいち日に何度も、簞笥《たんす》から出しては眺めていましたから」

「その駒は、いまもお持ちですか」

佐野が訊ねると、麻子は首を振った。

「駒は二年で手放しました」

予想した答えではあったが、佐野は、やっぱりか、と心のなかで肩を落とした。捜査対象の初代菊水月作の銘駒は、何度も持ち主を替えている。まるで宝探しのように、地図を頼りに辿り着くとそこに新たな地図が、という展開だ。しかしなぜ、信二は駒を手放したのだろう。

佐野の内心を見透かしたかのように、麻子は俯いて、お金が——と、ぼそりと言った。頰がわずかだが紅潮している。

「お金が必要だったんです。母が大病を患って、間が悪いことに父が借金の保証人になった人が逃げて……なんだかんだ膨らんで、一千万以上の物入りでした」

面を上げ、吹っ切るような声で言う。

「でも駒を売った代金のおかげで、なんとか家だけは手放さないで済みました」

「それは難儀でしたなあ」

石破はとってつけたようにそう言うと、続けて訊ねた。

「その駒を誰に譲ったか、わかりますか」

麻子が肯く。

「唐沢さんです」

麻子は遠くを見るような目で、視線を窓辺に移した。開けっ放しの窓から、風が入り込んでくる。窓辺に吊るした風鈴が、少し乱暴に音を立てた。

「下の名前は？」

少しぼんやりとしていた麻子は、訊かれて視線を石破に戻した。

「光一朗《こういちろう》さんです。同じ諏訪市内の方です。ご自宅はここから山に向かってずっと坂を上がっていった上森町です」

本当は唐沢の前に、購入の約束を取り付けていた知人がいたのだが、その男が急逝してしまい、唐沢に駒が渡る形になったという。

「外聞もあるし、あまり近くで売りたくなかったらしいんですが、ほかに買い手がいないし、唐沢さんのたっての願いということで。そのころはとにかくお金が入り用でしたし、父も背に腹はかえられなかったんでしょう」

唐沢の名前と住所を、急いでメモする。その様子を見ていた麻子が、申し訳なさそうに言った。

「でも、唐沢さんはもう亡くなっています。だから、いまの話も役に立つかどうかわかりません」

麻子の心配をよそに、石破は質問を投げた。

「唐沢さんに、お身内は？」

「奥様がいらっしゃいます。美子《よしこ》さんはいまおいくつになったかしら。もう八十は過ぎていると思うけど……」

石破が座布団から立ち上がった。佐野に目配せしながら言う。

「ありがとうございました。いまからご自宅を訪ねてみます」

麻子は急いで石破を引き留めた。

「ご自宅に行っても、奥様はいらっしゃいませんよ」

「どういうことです」

「二、三年前に高梅園《こうばいえん》に入所されたんです」

高梅園とは諏訪市内にある、特別養護老人ホームのことだった。

麻子は悲しげに、目を伏せた。

「美子さんとは、以前、地域の俳句教室でご一緒させてもらってました。すごく優しい方で、教室のみなさんから好かれてました。でも、いまから五年くらい前に、教室をおやめになったんです。ご本人に理由を訊くと、もう歳だから足腰が弱って外に出るのが辛くなってね、と笑っていらっしゃいました。そのころ、八十歳近くになっていらしたから、無理もないことです。お子さんがいないから、ひとりでどうされているのか気になっていたんですが、二、三年前に人づてに、高梅園に入所されたと聞きました。お元気なら、いまでもそこにいらっしゃるはずです」

佐野は高梅園の所在地を聞いた。麻子は紙とペンを持ってくると、住所と簡単な地図を描いてくれた。高梅園は、諏訪市の西に位置する大諏訪地区にあった。車で二十分ほどの距離だという。

石破と佐野は礼を言い大河原の自宅を出ると、裏手にある駅に向かった。客待ちしているタクシーに乗り、目的地を告げる。運転手は返事をすると、メーターをあげて、アクセルを踏んだ。

高梅園を訪ねた石破と佐野は、施設の責任者である園長に取り次いでもらい、簡潔に事情を説明して、美子への面会を求めた。警察が訪ねてくることなどはじめてなのだろう。園長はひどく驚きながらも、三十分間だけという条件付きで面会を許可した。美子は高齢のうえ、ここ数か月、体調が芳しくない。長時間の面会は身体に障る、というのが理由だった。

面会ロビーに置かれた窓際のソファに座り待っていると、ほどなくして廊下の奥から、女性の介護士が車椅子を押してやってきた。車椅子の上にいる老女は首を傾げるようにしながら、背にもたれている。

介護士は佐野と石破の前まで来ると、車椅子の傍らにしゃがんで、老女の目の高さに視線を合わせた。

「美子さん、このおふたりが、さっき話した人たち。昔のお話を聞きたいんですって。ひとりで大丈夫？」

介護士が、ゆったりとした口調で美子に訊ねる。美子は介護士に顔を向けると、穏やかに微笑んだ。

「ええ、大丈夫。今日は気分がいいから」

窓際から差し込む陽光を受けて、美子の白髪が銀色に光る。物静かな話し方や品性を感じさせる雰囲気から、美子には老婆ではなく老婦人という言葉が似合うと佐野は思った。

介護士は立ち上がると、目で佐野をロビーの隅へ呼んだ。

佐野が側へ行くと、介護士は声を潜めて念を押した。

「美子さんはああおっしゃっていたけれど、ひどく疲れやすいんです。話すという行為は、考えている以上に体力を使います。園長も申しましたように、くれぐれも時間は守ってください」

　相手が誰であろうと、自分の仕事は入所者の健康を守ることだ、そう目が言っている。

　佐野は肯いた。

「もちろんです。なるべく早く、話を切り上げます」

　ソファへ戻ると、石破は前屈みの姿勢で、美子と向き合っていた。

「そうですか。いやいや、食欲があるのはいいことです」

「でもね、テレビで言ってたけど、食べすぎるのもあまりよくないんですって。私、毎日ご飯は残さず食べちゃうの」

　石破は笑いながら首を横に振った。

「いまの時代、あれが身体にいいとか悪いとかよく耳にしますが、伯父から戦時中の話を聞いていた私から言わせれば、食うものに困らないだけ幸せだろうって、思いますがね」

　知らない者がふたりを見れば、古くからの知己が他愛ない世間話をしているように見えるだろう。初対面にもかかわらず、美子の顔に警戒の色はまったくない。美子がもともと人見知りをしない質なのか、石破が人の懐に入り込む術を持っているからなのか。目の前の和やかな光景は、その両方のなせる業なのだと、佐野は思う。

「ところで、ご主人の光一朗さんですが」

食べ物の話が一段落したところで、石破が本題に入った。

美子は視線を、窓の外へ向けた。

「ああ、主人ね。もうだいぶ前にあっちに行ってしまって、私だけが残されちゃったの。主人が逝くときに、早く迎えに来てね、って言ったのに、いまだに来てくれない。昔から自分勝手なところがあったけど、亡くなってからも性格は変わらないみたいね」

「ご主人は、将棋がお好きでしたよね」

美子は双眸を見開いて、石破に目を戻した。

「あら、よくご存じね」

刑事であることは、美子には伝えていない。光一朗の古い知り合いだと信じているはずだ。

石破がわずかに口角を上げる。

「私も将棋好きでしてね。光一朗さんがお元気だったころは、お会いするたびに将棋の話をしましたよ。その話になると、決まって光一朗さんは、自慢の駒の話をしましてね。ほら、名のある名人が作ったという、すごい駒のことです」

美子は懐かしそうに目を細めながら、何度も肯いた。

「ええ、ええ。よおく覚えていますよ。初代菊水月《きくすいげつ》作、錦旗島黄楊根杢盛り上げ駒《きんきしまつげねもく》――主人がしょっちゅう口にするので、私も覚えちゃいました。とてもきれいな駒でした」

「その駒は、いまは美子さんがお持ちなんですか」

美子は首を振った。

「いいえ、息子に譲りました」

「息子さんに?」

佐野の口から、思わず言葉が飛び出した。唐沢夫婦に、子供はいないはずだ。

美子はいたずらっぽい目をして笑った。

「正しくは、息子のように思っていた子です」

「その方のお名前は」

美子が答える。

「桂介くん。上条桂介くんです」

第十四章

最近、母親の夢をよく見る。

少なくとも週に一度、ときには連日見ることもある。

夢の中身はいつも同じだ。

どこまでも広がる黄色い向日葵畑に、母親がひとりで立っている。差している日傘の陰になり、顔はよく見えない。どんな表情をしているのか知りたくて近づこうとするが、母親は逃げ水のように近づいた分だけ遠ざかる。

自分の背丈よりも高い向日葵を両手で掻き分け、必死に母を追いかけていると、突然、向日葵が、火をつけた蠟燭のように溶け出してくる。腕に落ちた花弁を見る。油絵の具だった。いつしか、空も向日葵畑も、景色のすべてが、油絵になっている。

母親はどこにいるのだろう。

油絵の具で描かれた向日葵の迷路のなかを、母を捜し求めていると、目の前に白い布が現れる。母が差していた日傘だ。手に取ろうとした瞬間、それは日傘ではないと気づく。日傘に見えた白い布は、母の肌だった。

母は、なにも身に付けず地面に横たわっている。肌の上に、男が伸《の》し掛《か》かっていた。男の浅黒い背中が、激しく上下している。

男が母親を襲っているのではない、とすぐにわかった。背を反らせた母からは、愉悦の声があがっていた。

どうすることもできずに立ち尽くしていると、男がこちらを向いた。顔に下卑た笑みが浮かんでいる。ぞっとして、いつもそこで夢から覚める。


黒い革製のプレジデントチェアの上で、桂介は重い息を吐いた。

夢を見た日は、いつも寝不足だ。夢から覚めたあと、朝まで眠れないからだ。そんなときは、バーボンをショットグラスで呷り、いつもの倍の眠剤を飲む。

そうすると、五分ほどで眠りにつくことができる。が、その日の午前中は、眠気とだるさでほとんど使い物にならない。まさにいまがそうだ。

桂介は椅子から立ち上がり、窓辺に向かった。高層ビルの三十五階からは、都心が遠くまで見渡せた。天気がいい今日は、お台場のほうまではっきりと見える。

真夏の街は、おそらく蒸し風呂のような暑さだろう。しかしビルのなかは、快適な温度になるよう管理されている。自分のオフィスにいる限り、桂介は通年、ワイシャツ一枚で過ごしていた。

窓ガラスに自分が映る。ガラスの像に、男の顔が重なる。桂介は窓ガラスに浮かぶ男の顔を、拳で強く叩いた。

嫌な夢を見るようになったのは、半年前にこいつが自分の前に現れてからだ。

こいつ――かつて、父親と思っていた男。

桂介は椅子に戻ると、革の背もたれに深く身を預けた。

高校を卒業して東京に出てくるときに、父親も故郷も捨てた。

子供のころから、世の中の不条理は感じていた。いまにして思えば、体格は小柄だったが、中身は同年代の子供よりも大人びていたかもしれない。それはすでに、諦めというものを知っていたからだろう。多くの大人は、そんな自分を卑屈な子として見た。

上京し大学へ入ってから、元来の卑屈さに拍車がかかった。大学ではほかの学生との貧富の差をまざまざと見せつけられたし、人を信じれば裏切られた。

目を閉じると瞼の裏に、父親と呼んでいたやつとは、別な男の顔が浮かんだ。

東明重慶。大事な駒を、角舘に売り渡した男だ。金に汚く、狡《ずる》く、頭がいい。一番、質が悪い人種だ。

東明に出会ってから、金は人の人生を狂わせると、身をもって知った。大抵の悩みは金があれば解決できる。金で解決できないことは、ごくわずかだ。

大学を卒業したあと、桂介は外資系の企業に就職した。贅沢もせず、寝る間を惜しんで働いた。すべて駒を買い戻すためだった。金が貯まり、角舘から駒を買い戻すまで丸二年——駒を失ってから五年かかった。約束どおり駒を売らずにいてくれた角舘には、心から感謝している。

駒を買い戻したあと、勤めていた企業を辞めて独立した。

上司は引き留めた。会社に不満があるのか、どこかに引き抜かれたのか、なにが理由だとしつこく訊く。ドライな外資系企業であるにもかかわらず、執拗に慰留されて、悪い気はしなかった。

最後は役員まで出てきて説得されたが、辞める意思は変わらなかった。組織に属し言われたままに生きるのは性に合わない、と感じていたからだ。

新しくはじめた仕事は、ソフトウェア会社だった。大それた設備も投資もいらない。狭いワンルームにパソコンとファックス、そして外資に勤めていた三年のあいだに得た知識と人脈さえあれば、仕事はできた。

時代の波に乗り、事業は二年で年商三十億を達成した。社員も十名に増え、立ち上げた会社はベンチャー企業の旗手といわれるまでになった。桂介は若き成功者としてマスコミからも注目された。

他人から見れば、若くして名声と富を得た桂介は、幸運な人間に見えただろう。

桂介も当初は成功に酔っていた。社員は瞬く間に五十名を超え、幹部を連れて銀座のクラブで豪遊したこともある。だが、光が強くなれば影が濃くなるように、浮かれれば浮かれるほど、桂介の心の闇は深くなっていった。

時間が経つとともに、虚しさが澱《おり》のように奥底に溜まっていく。

そのときは理由がわからなかったが、いまはわかる。

きっかけは、半年前から見はじめた母親の夢だ。向日葵畑のなかで、母が男に犯されている。夢のなかで桂介はぞっとするが、母を組み敷きながら男が笑うからではない。

母親のせいだ。

男に抱かれている母の目には、狂気が滲んでいた。嬉しいとか悲しいといった感情は一切ない能面のような顔でひたすら喜悦の声をあげている。が、その瞳は、深い樹洞《うろ》のように黒く濁っていた。

生前の母親からは、まったく想像できない瞳の色だった。

人間は、情感がなければ生きていけない。それはときに、人に痛苦や悲哀をもたらすが、しかしその一方で、歓喜や愉楽も実感できる。

感情がないことは、精神の死を意味する。

そう、夢のなかの母は、精神的に死んでいるのだ。その母を、ひどく羨ましく思う自分がいる。だから、ぞっとするのだ。

精神的死は、肉体的死と同義だ。死そのもの、といっていい。

桂介は椅子の上で、窓の外を見やった。

はじめて死というものを考えたときがいつだったのかは、思い出せない。母親が元気なころだから、幼い時分に違いない。そのころからすでに、死について考えていた。道端の隅で固くなった虫の死骸を、精巧な作り物のようで美しいと思い、寺やセレモニーホールで葬儀が営まれている場に出くわすと、胸が詰まるような尊さを感じた。同時に、底知れぬ恐怖も感じた。

死への憧れと恐怖——いつの間にかそれは、自分のなかで渾然《こんぜん》一体となり、心のなかを占めていった。

母が死んだとき、幼心に悲痛と恐怖を感じた。同時に、かつてない神聖な気持ちになった。母が焼かれている斎場の煙突から空へ昇っていく煙を見ながら、母は苦しみから逃れることができたのだ、と心のどこかでほっとしていた。

起きた事象そのものに意味はない。それを幸と思うか、不幸と思うかは自分自身だ。多くの人間が、生に向かう思いを情熱と呼ぶならば、死を望む思いを暗い情熱と呼ぶ人間がいてもいいのではないか、そう思いながら、桂介はいままで生きてきた。

窓の外を、白い鳥が横切っていく。

桂介は静かに目を閉じた。

自分はその暗い情熱を、ずっと胸に潜めてきた。同じ年頃の子供が夢中になる遊びに関心がなく、常に頭のなかにあるものは死だった。

生きる意味が見いだせず、いつ、自ら死の淵へ飛び込んでしまうかわからない恐ろしさに怯えながら生きていることがどれほどの苦しみか、誰にも理解されないだろう。

いや――

桂介はそっと目を開けた。

理解してくれる人間がひとりだけいる。

母だ。母も自分と同じ暗い情熱を抱え、己のなかにある狂気に怯え、忘我の境地で自ら命を絶った。

桂介は机上のパソコンの下に隠していた、小さな鍵を取り出した。デスクの引き出しの鍵だ。錠をはずして引き出しを開けると、奥から桐箱を取り出した。

初代菊水月作錦旗島黄楊根杢盛り上げ駒。唐沢がくれた名駒だ。

箱を開け駒袋の紐を解いた。なかの駒を見つめる。

自分がまだ生きているのは、将棋があるからだ。

幼いころ、死を望む自分が唯一、生を感じられたものが将棋だった。唐沢から将棋の教えを受け、勝負をしているときだけ、生きていると感じられた。そして、その思いは、ある男によって、さらに強くなった。

東明だ。

人を騙し、命よりも大事な駒を売り飛ばした男。殺してやりたいくらい憎いが、それと同じくらい彼に畏怖の念を抱いている。

一手一手、命を削るように指す姿を見ていると、性の絶頂を迎えるときのような昂奮を覚える。腹の底が熱くなり、妙技に陶酔する。そんなとき東明を、人間としては最低だが、将棋指しとしては超のつく一流だと、認めざるを得ない。

東明に騙されて一度は手放したこの駒を、取り戻すためだけに金を貯めた。そこには、思いがけないおまけがついてきた。社会的成功だ。金と名声を手に入れた桂介を、誰もが幸運な男と呼んだが、得てして人の人生がそうであるように、幸運は同時に、災厄までをも呼び寄せた。

かつて、桂介が父親と呼んでいた男——庸一《よういち》が、桂介の居所を突き止め、訪ねてきたのだ。

門前払いもできたが、追い払ったところで何度でも訪ねてくるだろう。用件を訊くしかない。そう覚悟を決めて、応接室に通した。

革張りのソファに座る庸一は、部屋に入ってきた桂介を見ると、黄ばんだ歯を見せて笑った。

「よう、元気そうだな。すっかり立派になって見違えたぜ。いい背広着てやがる。さぞ、お高いんだろうなあ」

桂介は庸一の問いを無視して、向かいに座った。

「なんでここがわかった」

へへっ、と声に出して卑屈に笑うと、庸一は説明した。同じ味噌蔵に勤める同僚が、週刊誌の記事を見つけ、教えてくれた。会社の名前を電話帳で調べ、住所を割り出した、という。

庸一と会うのは諏訪を出て以来だった。白髪が混じった髪はぼさぼさで、身に付けているジャンパーは、染みだらけで色褪せている。九年ぶりに見る庸一は、もともとの品性のなさにみすぼらしさが加わり、無様を通り越し惨めな有様だった。

茶を出そうとする女性社員に必要ないと命じ、しばらく誰も部屋に入れないよう伝えて応接室から追い出した。

再びふたりきりになると、庸一は強気な態度に出た。横柄にソファで踏ん反り返ると、父親面をして、桂介を斜《はす》に睨んだ。

「東京に出て行ってから、梨の礫《つぶて》でどこでなにをしているのかと思えば、自分だけこんないい思いしやがって。親不孝なやつだ」

九年前の自分とは違う。桂介は丹田《たんでん》に力を込めた。

「用事はなんだ。金か」

「頭が回るところだけは変わらねえな。まあ、そのほうが話が早いや」

庸一はソファから身を起こすと、桂介に顎を突き出した。

「少しでいいんだ。用立ててくんねえか」

考えていたとおりの答えに、呆れを通り越し笑いが込み上げてくる。

顔にかかる臭い息から顔を背けて、桂介は上着の内ポケットから長財布を取り出した。なかから一万円札をあるだけ出して、テーブルの上に放る。三十枚以上あるはずだ。

「最初で最後だ」

手切れ金のつもりだった。

金を見ると庸一は顔色を変え、紙幣を両手で掻き集めた。息を弾ませて何枚あるか数えると、満面の笑みでジャンパーのポケットに捻じ込んだ。

桂介はソファから立ち上がると、ドアのところへ行き、勢いよく開けた。

「用は済んだだろ。帰れ」

庸一は素直にドアのところまでやってくると、桂介の肩を親しげに叩いた。

「またな」

音を立ててドアを閉めると、桂介は庸一が座っていたソファを思い切り蹴りつけた。

庸一の無心が、一度で終わるはずがない。それはわかっていた。しかしあれほど度重なるとは、思っていなかった。

それからひと月に一度の頻度で、庸一は金をせびりにやってくる。そのたびに桂介は、財布にある万札をテーブルの上に放った。言い争うのが、面倒臭かったからだ。今後も同じペースで金を渡したとしても、一年で四、五百万円だ。いまの自分にとっては大した額ではない。

桂介が一番嫌悪しているものは、庸一の存在だった。庸一の顔を見ると吐き気がしてくる。

抛っておけば、無心はどちらかが死ぬまで続くだろう。いっそ、まとめて金を渡してしまおうか、とも思った。だが、その考えを桂介はすぐに捨てた。

あればあるだけ使うのが、博打好きの性だ。一度に渡しても、なにも変わらない。手に入る金が増えて、庸一が喜ぶだけだ。

桂介は眺めていた将棋の駒を引き出しにしまうと、鍵をかけた。

社員には庸一のことを、かつて世話になった知人だ、と説明したが、汚らしい身なりで何度も訪ねてくる男を、不審に思っていることは明らかだった。それはひいては、桂介に対する不信感に繋がりかねない。

桂介は両手を顔の前で組むと、額を当てた。

あの男をどうにかして遠ざけなければ、自分の将来が行き詰まってしまう。そんな閉塞感を、桂介は感じていた。

ゴミみたいなあんな男に、ここまで積み上げてきた自分の人生を台無しにされてたまるか——

奥歯を嚙み締めたとき、卓上の電話が鳴った。受付からの内線だった。

桂介は受話器を上げた。

「俺だ」

受付の女性は、困惑した口調で告げた。

「社長に来客です。アポイントのない男性ですが、名前を言えばわかる、と執拗におっしゃって……」

庸一なら受付も知っているはずだ。桂介は眉根を寄せた。

「誰だ」

「東明さまとおっしゃる方です」

まさか——

桂介は耳を疑った。

東明という名前に心当たりはひとつしかない。

あの、東明が――

途端、心臓が早鐘を打ちはじめる。眩暈《めまい》がして視界が暗転しそうになる。

ぐっと腹に力を込め、喉から言葉を搾り出した。

「通してくれ」

かしこまりました、という受付の声が、虚ろに頭を掠めていく。

受話器を置くと桂介は、崩れるように椅子の背にもたれた。

第十五章

大通りへ出て、拾ったタクシーに乗り込んだ途端、石破が念を押すように訊ねた。

「おい、お前が言った上条桂介も長野出身ってのは確かなのか」

タクシーの後部座席で、佐野は肯いた。

「間違いありません。異例中の異例でプロになった棋士です。彼の経歴はよく覚えています」

上条桂介という名前を聞いたとき、真っ先に佐野の頭に思い浮かんだのは、プロ棋士の上条六段だった。上条は、東大を出たあと外資系の会社に就職して独立後、ソフトウェア会社を立ち上げて成功したが、突如、会社の株を売却してプロ棋士になった。アマ名人戦を二連覇したあと、プロ棋士と対局して八人中五人を破るなど傑出した成績を残し、特例でプロ編入試験を受けて合格した、異色の経歴の持ち主だった。

美子の話では、駒をもらった桂介は高校卒業後、東大に入っている。長野県出身と東大卒まで、ふたりの上条桂介は同じ経歴だ。年齢を考えても、同姓同名の別人という可能性は限りなく低い。

桂介の経歴を聞いた石破は、にやりと笑った。

「将棋の駒とプロ棋士、いい流れじゃねえか」

詳しい行先も告げず会話をしている乗客に、運転手はバックミラー越しに不機嫌そうに訊ねた。

「岬町のどちらまで?」

佐野は慌てて、手帳を開いた。

「三丁目二十三の四までお願いします」

美子から聞いた、上条桂介の家の住所だ。

運転手がウインカーを出す。国道を右折して、細い道に入った。

美子に、駒を譲った桂介の現住所を訊ねたが、美子は知らなかった。諏訪市を出て行ってから、近況を知らせる手紙を何通ももらったが、住所は書いてこなかった。夫の光一朗が亡くなったとき、何か月か経ってお悔やみの長い手紙をもらったのが最後だ、という。

でもね、と美子は悲しそうに面を伏せた。

「あの子が住所を書かなかったのには、事情があるの」

美子の話によると、桂介の母親はかなり前に他界しているが、父親がろくでなしで、まともに養育されていなかったという。いまで言う、育児放棄、に近い状況だったらしい。

「父親に知られるのが怖かったのよ。諏訪を出てからは、絶縁状態だったと思う。あの父親、うちにも何回か訪ねてきたのよ。桂介の居所を知らないかって。夫は、桂介くんから聞いて知っていたけど、わからないと答えていたわ。桂介くんの居所を知ったら、この男は必ず金をたかりに行く。そうわかっていたから、万が一のことを考えて、手紙に住所は書かなくていいって言っていたの」

佐野が、父親はいまどうしているのか、と訊ねると、美子は「さあ」と首を傾げた。ここに来てから、考えたこともないから知らない、との答えだった。

当時、桂介が住んでいた場所を美子から教えてもらい、ふたりは施設をあとにした。

目的地に着くと、料金を払いタクシーから降りた。

美子から聞いた住所の家はかなり古く、道路に面した窓ガラスには罅《ひび》が入っていた。玄関の引き戸についているポストには、パチンコ店や飲食店のチラシが多量に詰め込まれている。引き戸の横に、日焼けしたプラスチックの表札入れがあった。なかの紙にマジックで書かれた文字が、かなり薄くなっている。目を凝らし、ようやく「上条」と読み取れた。

「間違いなく、ここが上条桂介の実家のようです。でも、空き家のようですね」

佐野が言うと、石破は玄関を顎でしゃくった。

「誰かいないか確かめろ」

チャイムは見当たらない。佐野は戸をノックした。

「すみません。どなたかいませんか」

返事はない。

呼びかけを何度か繰り返していると、側を通りかかった初老の女性が佐野に声をかけた。

「そこはいま、誰も住んでいませんよ」

犬の散歩中なのだろう。リードで繋がれた柴犬を連れている。

「ここは上条さんのお宅ですよね」

「前はね」

柿沼《かきぬま》と名乗った女性は、近所の住人だった。嫁いできた四十年前から岬町に住んでいるという。

「どこかに引っ越されたんですか」

佐野が訊ねる。もしそうなら、越した先を訪ねようと思った。

柿沼の答えは意外なものだった。眉間に皺を寄せ、周囲を窺うように声を潜める。

「違うのよ。急にいなくなっちゃったの」

柿沼が言うには、桂介の父親の名前は庸一といい、諏訪湖の近くにある味噌蔵で働いていたが、しばらく前から姿が見えなくなったという。

石破が訊ねた。

「しばらくって、どのくらいですか」

柿沼は少し考えてから、三年半前、と答えた。腰を痛めて通院していた頃だから間違いない、という。

「家賃を滞納したままいなくなったもんだから、大家さんが血相変えて探したんだけど、結局、いまだに行方がわからないのよ」

「上条さんには、息子さんがいるはずですよね」

ここにきて、柿沼は石破と佐野を不審な目で見た。

「やけに詳しいけど、あんたたちどこの人？　借金取りにしては、上条さんがいなくなってからずいぶん時間が経ってるし……」

佐野は咄嗟に頭を働かせた。

「庸一さんの遠い親戚から、連絡がとれないから様子を見てきてほしいと依頼されましてね」

「それって、興信所ってこと？」

「ええ、まあ。ところで——」

佐野は言葉を濁し、話を戻した。

「息子さんの名前は桂介くんでしたよね。たしか東大に行ったとか」

柿沼は佐野の嘘を信じたらしく、素直に答えた。

「ええ、そう。あの子は本当にいい子でね。頭もよかったけど、性格もよかった。鳶《とんび》が鷹を生むってのは、ああいう親子のことをいうんだろうね」

話好きなのか、柿沼は佐野が訊こうと思っていたことを先に答えた。

「父親ってのが、どうしようもない博打好きでね。子供の世話もろくにしないで、仕事終わりは毎日雀荘に通ってたのよ。そのせいで桂介くん、いつもみすぼらしい格好して痩せててね。身体に痣もあったから、虐待も受けていたんだと思うよ。だから、大きくなって天下の東大に合格したときは、近所中、大喜びだったの。そのうえ、いまやすごい有名人でしょう。人生、どこでどうなるかわからないよね」

「有名人？」

横から石破が口を挟んだ。

柿沼は、得意げな顔で石破に視線を向けた。

「ほら、いまよくテレビに出ている、将棋の上条桂介。あれが息子さんよ」

――やはり。

佐野の心臓が大きく跳ねた。

石破が目で合図を送ってくる。ビンゴ——目がそう言っている。

「すごいわよねえ。若い時の苦労は買ってでもしろっていうけど、うちの子供たちは苦労しなさ過ぎだわ。いくつになっても親の脛《すね》を齧ってばっかり。だいたい——」

本筋から逸れそうな話の方向を、佐野は慌てて修正した。

「で、そのいなくなった父親ですが、息子さんが探しに来たことはないんですか」

柿沼は、まさか、というような顔で手を振った。

「東京に行ってから、一度も来たことはありませんよ。そりゃそうでしょうよ。あんなひどい父親の顔なんか、見たくもないでしょ」

柿沼の足元に座る柴犬が、痺れを切らしたのか、立ち上がって飼い主に吠えた。

「ああ、はいはい。もう行こうね」

柴犬に引き摺《ず》られるようにしながら、飼い主が歩き出す。

佐野は柿沼の背に、礼を言った。

「ありがとうございました」

柿沼は振り返ると、佐野に向かって叫んだ。

「あんたたちに頼んだ遠い親戚には悪いけど、父親はどこかで野垂《のた》れ死《じ》んでると思うよ」

死という言葉に、佐野は反射的に反応した。急いで柿沼を追いかけて訊ねる。

「どうしてそう思うんですか」

柿沼は飼い犬に引っ張られながら答えた。

「いなくなる前に、ちょっと羽振りがよくなったときがあったのよ。金ができて少しは真面目になるかと思ったけど、逆だった。仕事を辞めて、朝から晩まで雀荘に入り浸るようになってね。そんな男が、ろくな死に方するわけないよ」

柿沼はそう言い残すと、この場を立ち去った。

誰もいなくなった通りの奥を見つめていると、石破が隣へやって来た。

「どうやら、筋が繋がったようだな」

石破が訊ねる。

「上条桂介が事業に成功して、テレビや雑誌に出はじめたのはいつごろだ」

佐野はすばやく頭のなかで計算した。

桂介は大学卒業後に就職した企業を、三年で辞めている。すぐに起業して成功を収めているから、いまから五年前にはマスコミの注目を集めていたはずだ。

そう答えると、石破は遠くを見やりながら顎を擦った。

「根っから腐ってる男が、息子の成功をどこかで知ったら、どうすると思う」

佐野は頭に浮かんだ考えを口にした。

「金を無心に行くのではないでしょうか」

「だろうな」

石破は薄暗い空を見上げると、独り言のように推論を語った。

「憎んでいる父親が目の前に表れて、金をせびる。腐った人間ってのは、金のためならどんなことでもする。断れば、成功者の上条桂介は実の父親を見捨てる冷酷な男だ、そう週刊誌に売り込む。脅し強請《すか》しは平気でするだろう。マスコミは嘘か本当かなんてどうでもいい。世間の関心を集めさえできればいいんだ。そんな情報が流れたら、社会的評価は一発で下がる。上条桂介は父親が邪魔になった。そして、いなくなればいいと思った――」

佐野は上条六段の顔を思い浮かべた。

怜悧《れいり》な顔立ちの桂介が、誰もいない山中で父親を殺害する光景を想像する。桂介の手には鋭利なナイフがある。怯えて後ずさる父親に、桂介はナイフを向けて突進する。父親は地面に倒れ息絶える。そして、桂介は地面に穴を掘り、父親の遺体を埋めた。

そこまで考えたときに、佐野は重要なことに気づいた。

遺体とともに発見された将棋の駒だ。

憎んでいた父親と一緒に、桂介が高価な名駒を埋める理由がわからない。

駒の持ち主は突き止めたが、事件の謎はさらに深まる。いくら手繰り寄せても、糸の終わりは見えない。

佐野が深い溜め息を吐いたとき、胸元で携帯が震えた。ポケットから取り出し表示を見る。捜査本部からだ。

電話に出ると、五十嵐管理官の声がした。前置き抜きで唐突に訊ねる。

「佐野か。石破は一緒か」

緊迫した声に、身体を固くする。

「はい、隣にいます」

「よく聞け。遺体の身元が割れた」

息を吞む。科捜研で頭蓋骨から復顔が完成したのは、つい今し方《がた》だ。科捜研をせっついた甲斐があり、予定より早く仕上がった。

佐野は石破を見ながら、電話の内容が石破にも伝わる形で訊ねた。

「遺体は、誰だったんですか」

石破の目が、一瞬で鋭くなる。

五十嵐は早口で答えた。

「東明重慶。もと将棋の真剣師だ」

第十六章

八年ぶりに会う東明は、ひどく痩せていた。半袖のシャツから見える腕は、どこかにぶつければすぐ折れてしまいそうなほど、細い。顔はどす黒く、頬は削げている。よくない痩せ方に、なにかしらの病を患っていることは明らかだった。

だが、態度は、昔と変わっていなかった。応接室のソファに踏ん反り返ると、テーブルを挟んで座る桂介に、横柄な口調で言う。

「久しぶりだな」

桂介は東明を睨みつけた。

「よく、俺の前に顔を出せたな」

桂介の強い口調、かつては敬語だった話し方が対等になっていることに、東明はわずかに戸惑ったようだった。が、すぐに表情を戻して弁解がましく言った。

「まあ、そう言うな。あんときゃァ俺も、のっぴきならねえ事情があったんだよ」

東明はテーブルの上を見やりながら、シャツの胸ポケットから煙草を取り出した。

「おい、灰皿はねえのか」

「ここは禁煙だ」

語気を強める。

ちっ――あからさまに舌打ちをくれ、東明は煙草を懐に収めた。

悪びれた様子は微塵もない。

長年、胸の奥に押し込めていた東明への怒りが、一気に込み上げてくる。

詰め寄るように上体を傾《かし》げ、桂介は東明を睨め付けた。

「あんたが姿をくらましたあと、俺は東京へ戻って、王将を何度か覗いてみた。マスターにあんたの居所を訊いたが、マスターは、こっちが訊きてェくらいだ、とそのたびに顰めっ面で答えた。あの野郎また逃《ふ》けやがった、清算するってえ約束した借金もそのままだ、って吐き捨てたよ」

東明はぼさぼさの髪を乱暴に掻き上げると、開き直ったように天井を仰いだ。

「あんときは、稲田会から追い込みかけられててよ。一千万、耳を揃えて詰めなきゃ命がなかったんだ。それで仕方なく――」

「嘘を吐くな！」

桂介は一喝し、話を遮った。

「追い込みが本当なら、前みたいにまた東京を離れればいいだけじゃないか。子供でもわかるような嘘を言うな！」

東明は視線を床に落とし、へへっ、と唇を捻じ曲げて笑った。

「お前、ますます頭が回るようになったじゃねえか」

今度は桂介が笑った。

「回ったのはあんたのヤキじゃないのか。昔は、もっと嘘が上手かった」

東明の顔色が変わる。笑みが消え、桂介を鋭い目で見た。

桂介も睨み返す。

「なぜ、ここがわかった」

訊ねると、東明は窓の外へ目をやった。

「俺だって、テレビくらい観る」

いまから一年前に、テレビのワイドショーに桂介が出ていたという。

桂介は眉根を寄せた。テレビで見たのが一年前ならば、なぜ、そのときすぐにやってこなかったのか。時間が経って現れたのはなぜだ。

東明は首をぐるりと回し、改めて部屋のなかを眺めた。

「それにしても、あの貧乏学生がいまやこんなでけえビルに会社を構える社長さんとはな。

まったく、世の中、なにが起こるかわかったもんじゃねえな」

やはり——桂介は得心した。

金だ。金に詰まって、無心にきたのだ。

東明の顔に、庸一のそれが重なる。

金、金、金。誰もが金に群がってくる。まるでハイエナだ。

桂介は膝のあいだで組んだ両手を、白くなるほど握った。

「金が目当てか」

東明は首を横に向けて、斜に桂介を見た。少し間を置いて、口を開く。

「お前、最近、将棋指してんのか」

桂介は鼻で笑った。

「そんな暇はない。あんたと違って、仕事が忙しいからな」

だよな——と東明は愛想笑いを浮かべると、真顔に戻って桂介を見た。

「俺と勝負しねえか」

予想もしていなかった東明の言葉に、眉間に皺が寄るのが自分でもわかる。

「勝負だと？」

ああ、と言いながら、東明は桂介のほうへ身を乗り出した。

「将棋の勝負だ。ただ、お前も知ってるように、俺は真剣しか指さねえ。一局、十万でどうだ」

なるほど――桂介は心のなかで苦笑いを浮かべた。

将棋の真剣に託《かこつ》けて、金をとろうというのか。直接、無心しないだけ、まだ庸一よりましかもしれない。

「あいにく俺は、賭け事はしない主義だ」

本当だった。ギャンブルに溺れる庸一を幼いころから見てきた桂介は、賭け事には手を出さないと決めていた。

東明が覗くように顔を見る。やがてぽつりと言った。

「賭け事はしねぇが、将棋は指してえんじゃねえのか。それも、遊びじゃねえ、ひりつくような真剣勝負を、よ」

言われた瞬間、桂介の脳裏に、浅虫温泉での真剣勝負が浮かんだ。

幽鬼のような顔で目だけ爛々と光らせ、盤上に駒を叩きつける元治の姿。額に汗を浮かべた東明の、土壇場での絶妙手。将棋にすべてを賭けた男たちが、命を削る八十一マスの空間――

心のなかを見透かしたように、東明が声を潜めて言う。

「俺はお前にはじめて会ったときからわかってたんだ。お前は将棋を指してねえと死んじまうやつだ、ってな。これは嘘じゃねえ。将棋に取り憑かれた人間は、見りゃァわかる。

俺がそうだからな」

自嘲するように笑って、東明は言葉を続けた。

「お前、いまの自分が窒息死寸前の面ァしてるって、わかってるか。いまのお前は、目が死んじまってる。金も名声も手に入れたようだが、将棋を指してた文無しの学生だったときのほうが、生き生きしてたぜ」

桂介の指に、駒を盤に打ち付ける感触が蘇ってくる。ピシリ、という緊迫した音も、聞こえるような気がした。あの、痺れるような感覚――封印していた記憶の底から八十一マスの小宇宙が、鮮明に立ち上がってくる。

桂介は東明の視線から顔を背けた。

これ以上、目を見ていたら肯いてしまいそうな自分がいる。

長い沈黙を、東明が破った。息を細く吐きながら、絞り出すように言う。

「俺は、もう長くねえ」

桂介は思わず東明を見た。身体が辛いのか、身を預けるような姿勢で、ソファの肘掛けに手をついている。

同情を買う演技か。

一瞬そう疑ったが、たしかに顔色の悪さは、尋常ではなかった。

「お前も気づいてんだろう。こんなにガリガリじゃあ、誰だって悪い病気に罹《かか》ってるとわかる」

鼻から息を抜くように、東明は笑った。

「女に向かって泥棒猫って言うことがあるだろう。ありゃあ嘘だ。女は鼠だ。乗ってる船が沈むとわかると、一匹もいなくなっちまう」

無言で東明の目を見た。冗談を言っているようには思えない目つきだ。

東明はひと呼吸おいて、きっぱりと言った。

「俺と指せる時間は、あとわずかしかねえぞ」

どうやら——桂介は思った。嘘ではなさそうだ。

あえてソッポを向いて、桂介は言った。

「今日の夜七時に、ここへ来い」

東明は肯き、ゆっくりソファから立ち上がると、静かに部屋を出て行った。

桂介は自分の部屋の鍵を開けると、なかへ入った。

東明も続く。

リビングに入った東明は、そのまま外にあるルーフバルコニーに向かうと、フェンスから身を乗り出し、へえ、と声をあげた。

「高いところから下界を見下ろすと偉くなった気がする、ってのは本当だな。こいつは気分がいいや」

高層マンションの二十三階からは、六本木の夜景が一望できた。

東明はリビングに戻ると、後ろ手に窓を閉めて桂介に訊ねた。

「お前、本当にここにひとりで住んでるのか」

会社から自宅へ向かう道すがら、桂介が運転するベンツの助手席で、東明にひとり暮らしかと訊ねられた。桂介は、そうだ、と答えた。部屋に女を入れたことはあるが、暮らしたことはなかった。

桂介が住んでいるマンションは、リビングだけで二十畳ある。ほかに書斎と寝室、物置きがわりの部屋、使っていない部屋がひとつ――４ＬＤＫのマンションはたしかに、ひとりには広すぎる空間だ。

リビングと対面式になっているキッチンから、桂介は答えた。

「ああ、ひとりだ」

「通ってくる女とかいるんだろ」

桂介は冷蔵庫から缶ビールをふたつ出すと、リビングのテーブルに置いた。

「いや、いない」

東明は両腕を広げ、大仰な仕草で驚いてみせた。

「嘘だろう。もし本当なら、男にしか興味がないか、お前の息子は役立たずかの、どっちかだ」

桂介は東明の言葉を無視した。アンティーク調のサイドボードにしまっておいた将棋の駒と盤を取り出し、テーブルの上へ置く。

向かいに座る東明は、駒と盤を見て眉間に皺を寄せた。

「おい、なんだこりゃ」

プラスチックの駒と折り畳みの将棋盤は、ひと目でそれとわかる安価なものだった。

「盤は別として、駒はあれじゃねえのか」

東明が初代菊水月作の駒で指したい気持ちはわかる。しかし、桂介もそこまで愚かではない。

「目を離した隙に、持ち逃げされかねないからな」

桂介はソファに座ると、自分の缶ビールのプルタブを開けた。

東明は、呆れたように笑った。

「信用ねえなあ。まあ、それもしょうがねえか」

言いながら駒箱を開け、盤上に中身を流した。

上位者の象徴である「王将」を自陣に置くと、東明は黙々と駒を並べはじめた。

桂介は東明の残した「玉将」を摘まむと、二、三度空打ちをくれ、最後は音を立てずに、静かに自陣手前の中央へ置いた。

駒の配置が終わると、東明が言った。

「一応、振るか」

記録係がいない場合、上位者が自分の駒を振る。

東明は自陣中央の歩を五枚とり、ガラス製のテーブルへ落とした。結果は表の「歩」が四枚、裏の「と」が一枚。先手は東明で、桂介は後手になった。

東明が枯れ木のような指で、駒を挟み、盤に打ちつける。

しんとした部屋のなかに、駒音だけが響く。

先手の四間飛車に対し、後手の桂介は居飛車穴熊を選択した。端を詰められ、位は取られるかもしれないが、金銀四枚でがっちり王様を囲うことに成功すれば、居飛車側は互角以上の戦いが望める。

東明に勝つには、それしかない、と思った。

中盤、桂介は自分が優位に立ったことを自覚していた。飛車はお互い5筋で向き合っているが、☖5五歩と中央の位を制圧しているのは後手だ。歩損《ふぞん》と歩切れは痛いが、居飛車穴熊としては充分過ぎる戦いだ、と考えていた。

東明が長考に沈む。

チェスクロックを用意していないので、持ち時間の制限は決めていない。が、東明とすれば一局に掛ける時間は、少なければ少ないほど都合がいいはずだ。あわよくば四番でも五番でも指したいところだろう。そのほうが金になる。

十分後、東明の指した手は☗5三歩――

角でも飛車でも取れる、いわゆる「焦点の歩」と呼ばれる手筋だ。どちらで取ってももう片方の利きは止まる。

ひと目、角で取る手はない、と思った。上級者なら誰しもそう感じるだろう。☖5三角と指した瞬間、☗5五飛と走られて、飛車も角も動けない状態になる。完全な負け将棋だ。

しかし☖5三飛と取れば、形が乱れ、一時的に飛車の横利きが止まる。かと言って、飛車が逃げるのは論外だ。

二分考え、桂介は☖同飛、と取った。

東明は少考ののち、6八の銀を7七に上がった。

目を疑う。

銀を上がるなら、当然、中央を厚くする5七だ。☖5六歩、と突き出されても、☗同銀と取ってなんでもない。むしろ、中央の位を奪還できる。したがって桂介に☖5六歩の選択はない。が、☗7七銀だと☖5六歩はない手ではない。実際には5七の地点は角と金と飛車が利いているので、☖5七歩成と指しても意味はないが。

東明はいったい、なにを狙っているのだ。

☗8八飛――

狙いに気づいた瞬間、思わず声が出そうになる。

そうか。８筋に飛車を回って、成り込みを見ているのだ。

受けるとすれば、飛車をひとつ引いて横利きを通す☖５二飛だが、☗５三歩ともう一度、中合《ちゅうあ》いの歩を利かす手がある。逃げても角で取っても☗５五飛だ。形勢は一気に逆転する。

気がつくと、今度は桂介が長考に沈んでいた。

――どう指してもよくならない。

こめかみを汗が伝う。

それでも最善手は☖５二飛。他に選択肢はない。

指してから桂介は、汗を二の腕で拭い、東明を見た。

薄く口角をあげている。

勝ちを確信した、いつもの表情だ。

九手進んだところで桂介は、投了を告げた。

すかさず、「もう一番」の声が東明から飛ぶ。

肯いて駒を並べはじめる。

差し手が進むごとに、桂介は自分が熱くなってくるのを感じた。脳の酷使で身体が熱を帯びているのか、精神の昂りのせいなのかはわからない。

——ピシリ。

東明の駒音が響く。

桂介の身体に、心地よい緊張感が走る。研ぎ澄まされた部屋の空気は、これ以上ない充実感となって桂介を襲う。

駒を動かす桂介の頭に、「鬼殺しのジュウケイ」の異名が浮かぶ。東明は相変わらず人間はろくでなしだが、棋力はまったく衰えていない。病身であるにもかかわらず、いまでも一流の、いや超一流の将棋指しだ。「鬼殺し」はやはり、鬼のように強い。

勝負は桂介が三番、棒に負けた。

「もう一番だ」

今度は桂介が先に挑んだ。

返事を待たず、駒を並べる。

東明がにやり、と笑った。

「俺はいいぜ。何番でもよ」

次の勝負も自分が勝つと思っているのだ。桂介もそう思う。いまの自分では、東明に勝てない。今夜ひと晩で、四、五十万円は負ける。

しかし、そんなことはどうでもよかった。それくらいの額は、いまの桂介にとってはした金だ。それに、東明には駒代を持ち逃げされた四百万円の貸しがある。仮に、そのすべてが溶けたとしても、いまの桂介にとってはなんの痛痒もない。

東明との将棋は、桂介が忘れていた、あの感覚を蘇らせた。

魂がひりつくような刺激だ。脳内のエンドルフィンが大量に放出され、強い昂奮と快感を呼び起こす。それはおそらく、どんなに上等な麻薬を使用しても、得られないものだろう。そう、桂介は思った。

盤上を睨みながら次の手を考えていると、東明がぽつりと言った。

「東明重慶、いい名前だと思わねえか」

唐突な問いに、桂介は顔をあげ東明を見た。

東明は前屈みの姿勢で、盤上に目を落としている。独り言のように口を開いた。

「重慶って名はな、寺の住職がつけてくれたんだ。めでたいことがたくさん重なる人生を送るようにってな。いつ会っても温厚な爺さんで、それをいいことに、小せえころ、つまんねえいたずらをよくしたもんだ。だが、なにをしても、いつも笑っていやがった」

東明が自分の過去を語ることははじめてだった。ほかの人間に話しているところも見たことがない。

桂介は黙って次の手を指した。

東明は将棋を指しながら、問わず語りに話を続けた。

生まれは群馬で、母親は娼婦だった。父親は誰だかわからない。物心ついたときは、母親とふたり暮らしだった。

「おふくろはな、男が家にやってくると茶箪笥のなかから飴玉を取り出すんだ。二つ三つ手に握らされて、外で遊んでこいって追い出される。俺はなんとなく、見ちゃァいけねえことがはじまるんだ、って子供心にわかってた。言われるままに家を出るが、そんくらいの飴玉、あっという間に食っちまう。空がいい日にゃ、どっかで時間を潰せるが、雨の日や寒い時期はそうもいかねえ。そっと家に戻って窓からなかを覗くと、おふくろが男の下で喘いでる。俺と目が合うと、手で犬を追っ払うように、しっしってするんだ」

東明はそこで煙草に火をつけた。

「悔しいが俺は、おふくろが男からもらう金で飯を食わせてもらってるんだ。文句なんか言えねえやな」

東明の独白は続く。

時間を持て余していた東明は、やがて将棋を覚えた。道端で縁台将棋をしている大人たちを観戦するようになったのだ。

「もともと筋がよかったのか、ほかにすることがなくて将棋ばかりしていたせいか、ガキの俺が大人に勝つまで、そう時間はかからなかった。年端も行かないガキが大人を負かすと、周りで見ているやつらが歓声をあげるんだ。すげえな小僧、って褒めてくれる。それが嬉しくて、俺は必死に将棋の腕を磨いた」

東明の話を聞きながら、桂介は自分自身の、諏訪時代を重ねていた。

父親と母親の違いはあるが、同じようなものだ。

「ありゃあ何歳のときかなあ。大人がからかって、飴玉と一円を賭けねえかって言ったんだ。一円あれば駄菓子が買える。俺は迷わず勝負を受けた。そして勝った。一円。それが、俺が真剣ではじめて得た銭だ」

東明は成長するとともに将棋の腕をあげ、母親が病死した十五歳のときに、東京へ出てきた。新宿を根城に、将棋の真剣に没頭した。そのころには、将棋は楽しむものではなく、生きるためのものになっていた。やがて東明は、将棋指しで名を知らない者はいない、とまでいわれる真剣師になった。

「だがな、いくら強くたって、全部が全部、勝てるわけじゃない。負けるときもある。文無しになって女の世話になったこともある。けど、どうやら俺は、女とは縁が薄いらしい。おふくろも早くおっ死《ち》んじまったし、どんな女と付き合っても、長く続いたことがねえ。で、あるとき、二進《にっち》も三進《さっち》もいかなくなって、闇金に手を出した。それが、稲田会と揉めた発端だ」

桂介は銀で歩を取りながら言った。

「ろくな人生じゃないな」

東明はちらりと桂介を見たが、すぐ盤上に目を戻し卑屈に笑った。

「おめえも似たようなもんだろう」

桂介は薄く口を開き、茫然と東明を見た。

——なぜ、わかる。

「なに、鳩が豆鉄砲食らったみてえな面ァしてやがる」

東明が口角をあげる。

桂介は口を閉じて、顎をしゃくった。

理由を言ってみろ、という意思表示だ。

缶ビールの空き缶で煙草を揉み消し、東明は言った。

「目だよ。目でわかる」

「目だと？」

「ああ」

肯くと東明は、桂介の缶ビールに手を伸ばした。了解も得ず、口をつけてひと息に飲み干す。

「お前の目はいつだって笑ってねえ。顔で笑っても、目は冷てえままだ」

自覚はなかった。自分の笑顔を鏡で見たことはない。

「子供のころ親から邪険にされて育つとよ、目が笑わなくなるんだ。目ん玉のなかによう、世間さまへの妬み、嫉み、恨みが、詰まっちまってる。笑おうにも、笑えねえんだよ。愛情ってやつを知らねえから、他人を信用することもできねえ。俺の周りには、そういうやつがうようよいる」

東明は胸に溜まった澱を吐き出すように言葉を紡いだ。

「俺とお前は似たもん同士——そう考えて、なんの不思議がある」

桂介は細く息を吐いた。言葉がなかった。

庸一に受けた仕打ちが脳裏に蘇る。叩かれ、蹴られ、飯もろくに食わせてもらえなかった。それでも親を頼って生きなければならない自分に、腹が立った。何度も、死んだ母親のところへ行きたい、と思った。

——もし、唐沢に出会わなければ、自分は生きていられただろうか。

桂介は盤上に目を落とし、静かに次の一手を指した。東明も倣う。口を閉じたまま、黙々と将棋を続けた。

いつの間にか、窓の外が明るくなっていた。空には、夜明けの光が差している。腕時計を見ると、朝の五時だった。

勝負は結局、桂介の五連敗で終わった。五十万の負けだ。

桂介が終わりを告げると、東明は一瞬、名残惜しそうな表情を見せたが、すぐにソファから立ち上がり、大きく伸びをした。

桂介に笑みを向ける。

「おめえ、強くなったな」

将棋はほとんど指していない。強くなっているはずがない。

なにを言い出すつもりかと、桂介は不審の目を向けた。

「お前はもともと筋がいい。本気でやりゃァ、俺くらいには、すぐなれる」

「世辞なんていらない」

桂介は吐き捨てた。

「世辞じゃねえ。お前には、自分で思ってる以上の才能がある」

東明はそう言うと、卑屈な笑みを浮かべ、再びソファに腰を沈めた。

「それでよう、今日の分だが、即金で払ってくんねえか」

桂介は黙って東明を見た。

「わかってる。おめえに四百の借りがあることは、わかってるよ。ただな、どうしても、銭がいるんだ」

桂介は東明に視線を据えたまま、無言で東明を見つめた。そんなことだろう、と最初からわかっていた。しかし、はいそうですか、と金を渡す気にはなれなかった。あのときの恨みは、いまでも深い。

東明は煙草に火をつけると、紫煙を吐きながら言った。

「借りはよう、どんな形でも必ず、片《かた》ァつける。信じてくれ」

唇が捻じれるのが、自分でもわかる。

「俺に、あんたを信じろ、って言うのか」

テーブルを挟んで、視線が交錯する。

先に目を外したのは、東明だった。ニコチンを吸い込むと、煙を胸に溜めたまま、空き缶で煙草を揉み消した。天井に向けて、大きく煙を吐き出す。声を潜めて言った。

「なあ、お前、誰か殺《け》してほしいやつはいねえか」

一瞬、意味が摑めなかった。

が、すぐに、東明の言わんとすることを頭は理解した。

四百万、現金で返すのは無理だ。そのかわり、人殺しでもなんでもやる——

桂介の頭から血の気が引く。

東明は破顔した。声を出して笑う。

「そんなおっかねえ顔をすんな。冗談だよ、冗談」

しかし、目は笑っていなかった。

——本気だ。

余命幾ばくもないいま、たとえ人殺しで捕まったとしても、なんの問題もない。そう、顔に書いてある。

桂介の脳裏に、庸一の顔が浮かぶ。

すぐに首を振り、残像を打ち払った。
桂介は黙って立ち上がると、寝室に向かった。
金庫から万札を五十枚取り出し、リビングに戻る。
桂介は無言で、テーブルの上に金を置いた。

第十七章

捜査本部として使われている大宮北署の大会議室には、すでに多くの捜査員が着席していた。

静まっていた部屋のドアがいきなり開いて、驚いたのだろう。捜査員たちの目が、佐野と石破に向けられる。

佐野の息はあがっていた。石破も肩で息をしている。

遺体の身元が割れたとの連絡を受け、ふたりは急ぎ大宮に戻った。北署に着くと、大会議室がある三階まで駆け上がった。一秒でも早く、詳しい状況が知りたかった。

捜査員たちと対峙する形で席にいた五十嵐《いがらし》が、駆け込んできた佐野たちに席へ着くよう目で促す。佐野と石破は息を整えながら、空いている後ろの席に着いた。

ふたりが椅子に座るのを見届けた五十嵐は、隣にいる橘《たちばな》に目で了解を得ると、雛壇横のホワイトボードの前にいる鳥井《とりい》に目を向けた。

「報告を続けてくれ」

鳥井は北署刑事課の強行犯係主任で、今回の死体遺棄事件の班長のひとりだ。遺体の身元割り出しを担当している。

鳥井は肯くと、手にしていた指示棒で、ホワイトボードの一点を指した。復顔による頭部像写真が貼られている。

年齢は四十代から五十代。復顔された顔は無表情だが、吊り目がちで薄い唇の造作は、この男が凄んだら大抵の者は怯むであろう剣呑さを感じさせた。

隣で石破が、顔を寄せてくる。

「おい、間違いないか」

佐野は石破と同じく、小声で答えた。

「おそらく」

東明の顔は、かなり前だが何度か、将棋雑誌で見たことがある。アマチュア名人戦の観戦記や、プロと対戦し勝ち越したときの特集記事でだ。当時、写真で見た東明は、復顔された写真よりはるかに若かったが、鋭い目と意志の強そうな角ばった頰は、はっきり記憶に残っている。

東明がどういう人物かは、戻りの新幹線のなかで石破に説明した。将棋に関してはまったくといっていいほど知識がない石破は、将棋界の実情に関してはあまり興味を示さなかったが、東明の型破りな生き方には、ひどく関心を抱いたようだ。

ざっくりと説明を終えると、石破は倒したシートにもたれ、宙を見やった。

「人間はろくでなし、仕事は一流――か。俺みてえだな」

そう言うと、石破は、満更、冗談とも思えない口調で薄く笑った。

鳥井が声を張る。

「報告を続けます。復顔が完成したあと、死体遺棄現場に将棋の駒が埋められていたことから、遺体は将棋関係者の可能性が高いと見て、その筋を探りました。将棋で真っ先に浮かんだのが日本将棋連盟でしたが、遺体がプロ棋士とは限りません。プロアマ問わず、将棋指しの情報を一番摑んでいるのは将棋雑誌の編集者ではないかと考え、取り急ぎ、専門誌の『現代将棋』を当たらせました」

鳥井の報告によると、「現代将棋」の編集長、戸賀信三《とがしんぞう》は、捜査員が見せた写真を見て、すぐに東明の名前を口にしたという。

「戸賀いわく、東明の姿はもう十五年くらい見ていないからはっきりとは言えないが、あいつが五十歳くらいならこんな顔になっているだろう、とのことです。東明の将棋の腕はアマでもトップクラスだったが、金にだらしなく、裏社会とも繫がりがあったようです。一時、稲田会と揉め、東京から姿を消したこともあるそうです。それ以降、表立って将棋界には姿を現していないとのことです」

　鳥井は手にしている手帳を捲った。

「遺体は東明である可能性が高いと判断し、証拠を入手すべく動きました。白骨化した遺体から本人と確定するには、細胞のＤＮＡ型鑑定もしくは歯型が必要です。すぐに役所に赴き、東明の現住所を調べましたが、住民票に記されていた住所は群馬県の実家のもので、その借家はすでに取り壊されていました。東明は住民票を移さずに群馬から東京へ出てきて、住所不定の生活を送っていたのだと思います。故に――」

　ひとつ息を吐き、鳥井は続けた。

「東明の毛髪や唾液などの入手は不可能とみて、戸賀から、東明がよく出入りしていた店や、当時、上がり込んでいた女や知人の住所を聞き、周辺の歯医者を当たりました。かなりの件数でしたが、運よく、いまから十六年前に東明の歯の治療をしたという歯医者を探り当てました。カルテに残されていた歯型と遺体の歯型は、鑑定の結果、一致しました」

　鳥井は手帳から顔をあげると、報告にじっと耳を傾けている捜査員を見渡した。

「このことから発見された遺体は、将棋の元アマチュア名人、住所不定、職業不詳の、東明重慶と断定しました」

　部屋のなかがしんと静まり返る。

「私からの報告は以上です」

鳥井がホワイトボードから離れ席に座ると、五十嵐が石破を見やった。

「続いて石破警部補、駒の所有者を特定する捜査だが、現状を報告してくれ」

石破は中腰で立つと、佐野を見て顎をしゃくった。

「将棋のことはこいつのほうが詳しいので、佐野から報告させます」

そのまま腰を下ろす。

佐野は石破と入れ替わりで立ち上がると、手帳のメモを確認しながら、上条桂介まで辿り着いた経緯を説明した。

佐野は手帳を閉じると、顔をあげて五十嵐を見た。

「この上条桂介ですが、現在、三十三歳。B級2組に所属する六段のプロ棋士です。棋士が必ず通る奨励会を経ずして異例の形でプロになり、順位戦を最速で駆け上がるほど、将棋の才能があります。いま行われている竜昇戦でも、予選を勝ち抜き、最終トーナメントに残るほどでして、壬生六冠を将来倒すとすれば、上条では、と噂されるほど注目の俊英です」

ひとつ息を吸い、佐野は続けた。

「闘志満々――火が燃えるような対局姿勢から、マスコミではもっぱら、炎の棋士、と呼ばれています」

会議室のなかが一気にざわめいた。上条桂介の名前を憶えていなくとも、炎の棋士という呼び名は、記憶している者が多いようだ。

それまで黙っていた橘が、目を細め、射るような視線で訊ねる。

「確かなのか――」

佐野は口元を引き締め、小さく肯いた。

「例の駒が、上条桂介の手に渡ったところまでは間違いありません。そこから先の調べは、これからです」

橘が独り言のように言う。

「遺体は将棋の元アマチュア名人で、遺体とともに発見された駒はプロ棋士の手に渡っている。この事件に上条桂介が関わっている線は、あり得る」

「東明が揉めていた稲田会という線もありますが」

五十嵐が別な見立てを具申する。橘は即座に首を振った。

「仮に暴力団の仕業だとしたら、何百万円もする駒を遺体と一緒に埋めるはずがない」

「ごもっともです」

五十嵐は素直に引き下がる。上条桂介の名前が出たときから、五十嵐も橘と同じ考えなのだ。ただ、捜査が思い込みによる勇み足にならないよう、考えられるほかの線を消しておきたかったのだろう。

「だが、この事件はまだ、筋がはっきり見えてこない」

橋はそう言うと眉間に皺を寄せ、腕を組んだ。

「上条桂介が関わっているとしても、そんな高価な駒を、なぜ埋めた。美術品としての価値は別として、駒は棋士にとっての刀のようなものじゃないのか」

雛壇のやり取りを聞きながら、佐野も同じ疑問を抱いていた。橋が言うとおり、駒は棋士にとって刀だ。人によっては、気に入った駒でなければ気合が入らない、という者さえいる。その大事な駒を、プロ棋士が土のなかに埋めるような真似をするだろうか。もしかしたら、上条桂介からほかの者の手に、駒が渡っているのかもしれない。

――だとしても、なぜ高価な駒を埋めたか、という謎は依然、残る。

橋は指示口調で、佐野たちがいる後方の席に向かって言葉を発した。

「石破警部補と佐野巡査は、引き続き駒の行方を追うとともに、東明と上条について当たってくれ」

石破が席に座ったまま、静かに肯く。

「ただし――」

橋が語気を強めた。

「くれぐれも慎重に当たれ。相手は著名人だ。万が一にもマスコミに漏れ、あとで濡れ衣だった、なんてことになったら、署長の首どころじゃすまん。下手すると、本部長の首が飛ぶ――いいな」

部屋の空気が、一瞬で張り詰めた。唾を呑み込む。
佐野は一礼して、席に着いた。

第十八章

暮れも押し迫った故郷は、昔と同じ冷え込みようだった。外気はほぼ、氷点下に近い。車の暖房を入れなければ、とても身が持たない気温だ。

桂介は運転席のシートにもたれながら、腕時計を見た。蛍光塗料が施された針は、まもなく午前一時を指そうとしている。もう六時間以上も、こうしている。

桂介は指先に息を吹きかけると、再びフロントガラスの前を見やった。

車を停めている空き地から少し離れた斜め向かいに、かつて自分が住んでいた家があった。灯りはついていない。真っ暗だ。

もともと古かった借家は、桂介が家を出てから十年のあいだに、著しく老朽化していた。時間による劣化もあると思うが、庸一が家屋にまったく手を掛けていないためだろう。

桂介は今日、自分の車を飛ばして諏訪市へ来た。庸一に会うためだ。

諏訪市には、見込んでいた時刻どおりに着いた。午後五時。庸一が仕事を終え職場の味噌蔵から出てくる時間だ。

桂介は枕田屋醸造の駐車場に車を停めると、従業員専用の出入り口から庸一が現れるのを待った。が、一時間経っても、庸一は姿を見せなかった。

事務員や営業なら残業で退社が遅れていることもあり得る。だが、一日の作業工程が決まっている味噌職人が、残業をすることはまずない。桂介が同居していたときも、庸一の残業など聞いた覚えはなかった。おそらく、仕事を休んだのだろう。いや、もしかしたら、自分という金蔓《かねづる》を手に入れたことで、仕事を辞めた可能性も考えられる。

いずれにせよ、庸一のいる場所は想像がつく。

雀荘だ。

つい一週間前、会社にやってきて、桂介から三十万、引っ張ったばかりだ。おそらく、その金で麻雀を打っているのだ。

桂介は枕田屋醸造の駐車場を出ると、自分の生家へ向かった。近くの空き地に車を停めて、庸一が雀荘から帰ってくるのを待つためだ。庸一を捕まえたら、諏訪に来た目的を、はっきり伝えるつもりだった。

――あんたと会うのは、これが最後だ。

桂介は助手席を見た。

革製のボストンバッグが置いてある。なかには現金で、三千万円入っている。最後の、本当に最後の、手切れ金だ。

一週間前、桂介の会社でいつものように三十万受け取った庸一は、帰り際、これからは五十万にしてくれ、とにやつきながら要求してきた。

——お前を育ててやった、当然の権利だ。

そう言った。

その言葉を聞いたとき、桂介のなかでなにかが切れた。自分でも、眼光が、異様なまでに剣呑さを増すのがわかった。いま思えば、人を殺しそうな目つきだったに違いない。

庸一は桂介の目を見て、一瞬、たじろいだ。

が、すぐに、脅し口調で唾を飛ばした。

——言うとおりにしなければ、上条桂介は親を見捨てる冷酷な人間だ、と週刊誌に話してもいいんだぞ。

桂介は無言で庸一を睨みつけた。ありったけの憎悪を込めて、庸一がドアの向こうに姿を消すまで睨み続けた。

肉親を食い物にする鬼畜——

そのときは、込み上げる暴力的衝動を、なんとか抑えた。

庸一が桂介の前に現れてから、すでに一年半以上が経つ。そのあいだに渡した金は、六百万以上になる。

いまの桂介にとっては、さほど痛い額ではない。問題は、金ではなかった。庸一の、存在そのものだ。

庸一が会社に顔を出すようになってから、社員たちとのあいだに、いままでなかった溝のようなものが生まれた。桂介に対する不信感だ。東京大学を卒業し、いまや経済界でその名を知られる業界の風雲児が、見るからに胡散臭い男と関係を持っている。どうやら金を渡しているらしい、との噂は、あっという間に社内で広まった。このままでは、社員は自分についてこなくなる可能性がある。噂がマスコミに漏れる事態もあり得る。

一度、桂介は、庸一に銀行振込を提案したことがあった。

――たったひとりの息子じゃねえか。顔を見たくなるのは、親として当然だろうが。

庸一はそう言って、振込を拒否した。

借金取りに口座に入金があることを知られたくないのか。現金でなければいけない理由が、なにかしらあるのだろう。

庸一の事情など、桂介にはどうでもよかった。庸一を遠ざけなければ、ここまで築き上げたものが失われてしまう。

さらに加えて、桂介の決断を促した理由があった。

東明の言葉だ。

以前、東明が将棋を指したあとで口にした言葉。

——なあ、お前、誰か殺《け》してほしいやつはいねえか。

そのとき、脳裏に庸一の顔が浮かんだ。怖くなり、急いで残像を頭から消し去った。が、東明の声は、耳の奥に張り付きいつまでも消えなかった。

このままでは、いつか東明に恐ろしいことを頼んでしまいそうな自分がいる。そうなる前に、庸一が二度と桂介の前に現れないよう、手を打たなければならない。そう考えて、口座から三千万円引き出し、諏訪へ来た。

——やつとの縁を、今夜限りで断ち切る。

桂介はフロントガラスに視線を戻すと、暗い夜道を睨みつけた。

庸一が戻ってきたのは、夜中の二時近くだった。あたりの民家はみな、寝静まっている。遠目にも、身体が左右に揺れているのがわかった。いつものように、酒を飲みながら麻雀を打っていたのだろう。

庸一が家の近くまでやってくると、静かにドアを開け、桂介は車を降りた。

「おい」

背中からいきなり声をかけられて、驚いたのだろう。庸一は悲鳴に近い短い声をあげ、後ろを振り返った。その勢いで、足元がよろめく。

声をかけた人物が桂介だとわかると、庸一はほっとしたようにジャンパーの襟を合わせ、酒臭い息を吐いた。桂介を睨みつけてくる。

「こんなところでなにやってんだ。驚くじゃねえか」

「あんたに話がある。車まで来てくれ」

桂介がなにか企んでいると気づいたのだろう。庸一は腹を探るように、桂介の顔を窺った。警戒心が、ありありと表情に出ている。

「なんだよ。俺は疲れてんだ。明日にしろ」

玄関の引き戸に手をかけ、家のなかへ入ろうとする。その手首を、桂介は素早く摑んだ。

「言うとおりにしろ」

声を抑えて言う。

手首を摑む強さに臆したのか、真剣な声音から桂介の覚悟を察したのか、庸一が引き戸から手を離す。

「わかったよ。なんの話か知らねえが、なかでしようぜ。外は寒い」

惨めな記憶しか詰まっていないこの家には、あがりたくなかった。

「いや、だめだ。あんたに渡したいもんが、車のなかに置いてある」

「じゃあ、取って来いよ」

庸一の口角がわずかにあがった。金の臭いを嗅ぎつけたのだろう。

桂介はひとつ、息を吸った。

「話はすぐ済む。俺はそのまま、東京に戻りたいんだ。金を渡したらな――」

庸一が食いつきやすいよう、餌を撒いた。

「三千万円、用意してきた。それをお前にやる。その代わり、もう二度と、俺のところへ来るな」

三千万円、と聞いた庸一の目が、大きく見開かれた。口を開けたまま、ぱくぱくと唇を動かしている。信じられない額だったのだろう。

「本当かよ……」

唾を呑み込みながら、庸一がつぶやくように口を開いた。

「ああ」

肯き、桂介は自分の車が置いてある方向を顎でしゃくった。

「車はあっちだ」

先に立って歩く。

後ろから庸一の足音が聞こえた。

車の前で、桂介は振り返った。

庸一の表情から、完全に警戒心が消えたようには見えない。

しかし、金の魅力には抗えない内心は、ありありと伝わってきた。

桂介はドアを開け運転席に腰を下ろすと、キーを回した。

ボストンバッグを膝に抱き、助手席のドアを開ける。

「乗れよ」

いや、と庸一はぎこちなく首を振った。

「ここでいい。渡すもんを渡してくれ」

桂介は舌打ちを抑えた。

車から降りる。コートの内ポケットから手帳とペンを取り出し、庸一に差し出した。

庸一が怪訝な表情を見せた。

「なんだよ、こりゃ」

「一筆書け。三千万円受け取る代わりに、もう俺と関わりを持たない、と。今日の日付も忘れるな。書いた紙は、公証役場に持って行く。私署証書として通用するよう手続きを取るためだ。もし、お前が約束を破ったときは、法的手段を取る」

庸一の言葉が、口先に過ぎないのはわかっていた。いままでも、その場しのぎの嘘で生きてきた男だ。

念書は本当に公証役場へ持って行くつもりだった。いざというときの保険であると同時に、自分が本気だということを示す意味もある。

庸一に紙とペンを渡す。念のためダッシュボードからクリップボードを取り出し、文字が書きやすいようそれも差し出した。

受け取った庸一は、紙をクリップボードに挟み、思案顔でペンを揺らした。

「いまから俺が言うから、そのとおり書けばいい」

桂介は薄く目を閉じ、念書の文言を口述した。

庸一がたどたどしくペンを走らせる。

「これでいいかよ」

そう言って、紙を見せる。

ミミズがのたくったような字だ。が、読めなくはなかった。

「ああ。あとは今日の日付と名前を書け。これで拇印を押したら——」

言いながら、用意した朱肉を見せる。

「金はお前のものだ」

庸一がじっと桂介を見た。必死に、なにか考えている表情だ。黒目が小刻みに動いている。

「先に金を渡せ」

「なんだと——」

「お前が念書だけとって逃げねえって保証はねえだろ」

呆れてものが言えなかった。

「馬鹿な――」

吐き捨てる。

「こうしようぜ」

庸一が口角をあげて言う。

「俺が名前と日付を書く。お前が金を渡す。で、俺は拇印を押す。どうだ」

この男はいつも、こういうところは頭が働く。

狡猾なクズ――人間のゴミ。

大きく息を吐く。

「わかった。それでいい」

庸一が嬉々として名前と日付を書き入れる。

桂介は、ボストンバッグを抱えている手に力を込めた。

「よし。指をついてやるから、金を渡せ」

怒りを抑え、桂介は冷静さを保って言った。

「同時だ。指印を押した念書と、金を交換する」

「ふん。相変わらず、しっかりしてやがるな」

桂介が差し出した朱肉に指をつけ、庸一が念書に押し付ける。

クリップボードごと桂介に向かってかざした。

肯く。

「いいだろう」

桂介はボストンバッグの持ち手の端に右手を添え、庸一のほうへ押し出した。身体を正対させ、左手をクリップボードにかける。

刹那《せつな》――もの凄い力で右手が引っ張られた。

反射的に、クリップボードを持つ左手に力を込める。

交換は一瞬だった。勢い余って後ろに倒れる。

クリップボードを見た。

念書が千切れている。庸一が破ったのだ。

ボストンバッグを抱えた庸一が逃げる。

全力で追った。

空き地の入り口で襟首を摑む。

そのまま引き倒した。

馬乗りになる。

喉元を絞めた。力一杯、絞めた。

庸一が空気を求めて喘ぐ。

見る間に顔が赤くなる。血流が止まったのだ。

声を抑えて言った。

「貴様──」

衝動が制御できない。

頭を地面に叩きつけた。

一回、二回。

「た、助けてくれ……」

喉の奥から絞り出すように、庸一が声を漏らした。

「し、死んじまう……」

言いながら、白目を剝く。

我に返る。

力を抜いた。

げほげほと、庸一が咽る。

肩で大きく息をした。

喉元に手を添えたまま、桂介は怒気を込めて言った。

「貴様、それでも親か。これまで親らしいこと、ひとつでもしてきたか。育ててやった──って、親なら、育てて当然だろうが！」

無言で睨み合う。

俺ァ——と庸一が、不貞腐れたように言った。

「赤の他人の子を、育ててやったんだ」

一瞬、意味が摑めなかった。

唾を呑む。

理解した途端、ハンマーで殴られたような衝撃が頭を襲った。

愕然となる桂介を見て、庸一が口を滑らせる。

「だいたいお前《めえ》には、いかれた血が流れてるんだよ。だから——」

そこまで言って、慌てて口を噤んだ。

考えるより先に手が動いていた。

「いかれた血、だと——」

喉元にかけた指に力を込めた。

「だから——、なんだ。続きを言え」

庸一が首を振る。

絞めた。絞め続けた。

「言え！　言わないと、今度こそ、殺す！」

庸一が喘ぐ。空気を求め、口をぱくぱくさせた。

「い、言う……」

絞める力をわずかに弱める。

「言うから、やめてくれ……」

息を吸い込みながら、庸一は囁くように言った。

殺気を込め、無言で睨みつける。

浅い呼吸を繰り返し、庸一は観念したように口を開いた。

「お前は、俺の子じゃねえ」

「おふくろは」

「あいつは間違いなくお前の母親だ。お前はあいつの腹から産まれた」

疑問が押し寄せる津波のように、次々と湧き上がる。

「お前は、じゃァいったい、何者なんだ」

抑えた声で問う。

庸一は視線を外し、投げやりに答えた。

「言ったろう。赤の他人だ」

庸一は大きく息を吸い込むと、ぽつぽつと昔語りをはじめた。

桂介の母——春子は、島根県湯ヶ崎《ゆがさき》町に生まれた。出雲大社や宍道湖《しんじ》が側にあり、実家の笹木《ささき》家は味噌蔵を営んでいた。創業は嘉永《かえい》六年と古く、山陰の味噌といえば笹木味噌、と真っ先に名前があがる老舗だった。

「春子はそこの長女だった。上に兄がひとり、下に弟と妹がいた。俺は中学を出たあと、そこで働いた。腕のいい味噌職人になるのが、俺の夢だった」

春子とは歳が同じで、庸一が勤めはじめたときは、高校に通っていた。家柄だけでなく、顔立ちもいい春子には、そのころからいくつもの縁談が持ち込まれていた。

しかし、どんなに条件のいい縁談も、春子はすべて断った。従業員のあいだでは、すでに好いた男がいるか、将来を約束した相手がいるのだろう、ともっぱらの噂だった。

「たしかに、そのときあいつには、すでに好きな男がいた。そいつが、お前の父親だ」

「誰だ」

桂介は指先に力を込めた。

星明かりに、庸一の顔が青白く照らし出される。

一瞬、躊躇ったあと、庸一は言葉を発した。

「あいつの、兄貴だ」

声を失う。

ようやく絞り出した。

「どちらかが、養子だったのか」

庸一はそっぽを向いた。

目を逸らせて言う。

「いいや、実の兄妹だ」

衝撃——打ちのめされた。

吐き気が込み上げてくる。

全身から力が抜けた。

視界が回る。

気がつくと、庸一の声が聞こえた。

目の前にいる庸一の声が、よく聞こえない。急に襲われた耳鳴りのせいか、意識が聞くことを拒んでいるのか、わからなかった。

気力を振り絞って、集中する。

言葉が徐々に、頭へ入ってきた。

庸一の話によると、春子と四歳上の兄——彰浩《あきひろ》は、仲のいい兄妹として近所でも評判だった。

「笹木家の敷地には、味噌を造る道具や大豆をしまう蔵がいくつもあった。その日、俺はたまたま用事があって、離れの蔵へ行った。そこで見ちまったのよ。春子と彰浩が抱き合ってるところを」

春子の妊娠が発覚したのは、庸一が奉公にあがって三年後、十八のときだった。春子は高校を卒業し、地元の短期大学へ入学したばかりだった。娘の身体の異変に気づいた母親が、無理やり病院へ連れて行き、ようやく春子が認めたのだ。

妊娠四か月だった。

両親は相手の名を問い詰めたが、春子は頑として口を割らなかった。言えないような男ならすぐ堕ろせ、この尻軽女——と父親は面罵した。しかし春子は、産むの一点張りで、首を横に振るばかりだった。

春子の妊娠発覚から十日後、彰浩が自殺した。裏山で首を吊ったのだ。

遺書はなかった。

両親は悲嘆の極みにあって、ある疑念に苛まれる。

——もしや春子の相手は、自殺した彰浩ではないのか。

従業員のあいだにも、憶測が広がりはじめた。

人の口に戸は立てられない。噂する者は、後を絶たなかった。

察した春子は、密かに庸一を呼び出した。

——あたしを連れて、逃げてくれない？

なぜ、自分が選ばれたのか、庸一にはわからなかった。もしかしたら、自分が蔵を覗いたことに、春子は気づいていたのかもしれない。口封じのために、自分を選んだのだ。そう思った。

女ひとり異郷で暮らす心細さは、当然あっただろう。

春子は、庸一が自分に岡惚れしていることを知っていた。それを言えば、男の従業員の大半はそうだった。

庸一と駆け落ちすれば、兄との疑惑が隠せる。そんな思惑も、あったと思う。

庸一に、否も応もなかった。

――春子が抱ける。自分の女になる。

それだけで、故郷を飛び出す価値は充分にある。

産まれてくる子のことは、考えなかった。

どうにかなる。そう思った。

諏訪を選んだのは、春子が湖の側に住みたい、と口にしたからだ。宍道湖の畔《ほとり》で育った春子の、ささやかな願望だった。

諏訪は出雲から遠く、信州味噌で有名な土地だ。味噌蔵もたくさんあるだろう。自分の腕を生かして働ける。庸一はそう考えた。

諏訪に落ち着いて半年後、春子は男の子を産んだ。

「それが、お前だ」

桂介は庸一の傍らで地面に両手をつき、虚脱した状態で座り込んでいた。

不思議と、寒さは感じなかった。

庸一は仰向けのまま、ぼそぼそと語った。

「腹を痛めた子は可愛いんだろうよ。それまで腑抜けのような暮らしぶりだったが、お前を産んでから、生き甲斐を取り戻したみてえに元気になった。だが、お前が大きくなると、春子はおかしくなっていった」

桂介は、成長するにつれ、父親である彰浩に似てきた。そのころから、春子は精神に変調をきたしはじめる。笑っていたかと思うと急に泣き崩れ、家事もせず茶の間に座ったきり遠くを見るようになった。おそらく、桂介に彰浩の面影を見ていたのだろう。やがて春子の精神は崩壊し、桂介が七つのときに兄と同じ末路を辿った。

庸一は地面からむっくりと起き上がると、桂介を見て卑屈に笑った。

「俺はあいつを救おうとした。だが、無駄だった。俺の考えが甘かったのさ。そう簡単にいかれた血を入れ替えることなんぞ、できるわけがねえ」

――いかれた血。

庸一はさっきもそう言った。桂介は唇を震わせた。

「いかれた血ってのは、どういう意味だ」

庸一は地面に唾を吐いた。

「言ったとおりだ。笹木家ってのはな、昔は親族同士での結婚が多かったんだよ。土地一番の旧家だからな。どこの馬の骨ともわからねえやつの血を、入れたくなかったんだろ。

その結果、頭はいいが心がいかれちまってる子孫が多かった。まともに天寿を全うした人間のほうが、めずらしいんじゃねえかァ。みんな、春子や春子の兄貴みてえに、自分でおっ死んじまう」

庸一を見る。目が底意地悪く光った。

「その血《ち》が、お前にも流れてるのよ」

吐く息が白い。

桂介は地面に座り込んだまま、震える自分の両手を、じっと見つめた。

「俺のなかにも、いかれた血が……」

いきなり、庸一がボストンバッグを手に取った。立ち上がる。

捨て台詞のように言った。

「いまの話をマスコミにばらされたくなかったら、大人しく帰れ！」

言いながら走りだす。

庸一の背中が、暗闇に消えた。

茫然と見送る。

立ち上がる気力さえ、残っていなかった。

第十九章

佐野と石破は、岩手県の遠野市へ来ていた。

朝の七時過ぎに大宮から「やまびこ」に乗り、新花巻駅で釜石線に乗り換えた。遠野駅に着いたのは昼近くだ。

駅に降り立つと、石破はあたりを眺め、大きく伸びをした。長時間、電車に乗っていたときの癖だ。目を細め、言う。

「いいとこだな」

佐野も景色を見やる。高い建物がない町の空は広く、里山の緑は目に鮮やかだ。

風がそよいだ。

盆過ぎの東北は、まだ暑さを残しながらも、吹く風は微かに秋の気配を漂わせていた。

駅前のタクシーに乗り込むと、佐野は行先を告げた。

「語り部の宿まで」

運転手は目的地を繰り返すと、メーターを倒し車を発進させた。

石破と佐野は、捜査会議で遺体の身元についての報告があった翌日から、東明の過去を洗った。元奨励会の佐野がいれば、なにかと都合がいい。捜査本部はそう考えたのだ。鑑取《かんど》り班の捜査で、東明が新宿界隈を根城にしていたことは明らかになっていた。周辺の将棋道場を隈なく当たり、東明がよく出入りしていた店を、佐野と石破は探し出した。

「王将」という名前の将棋酒場だ。

マスターの穂高は最初、埼玉県警の刑事の来訪に、驚愕の色を隠せずにいた。

開店前の夕方五時。客はいない。

佐野が東明のことを訊ねると、カウンターのなかで宙を睨み、軽い溜め息を吐いた。

「またあいつ、なにか仕出かしたんですか」

石破が〝営業用〟の笑みを浮かべて言う。

「いや、大したことじゃないんです。東明さんについてちょっと、聞きたい話がありまして——」

穂高は磨いていたグラスに視線を落とし、今度は深く、息を吐いた。

「無駄足でしたね。しばらくうちには顔を出してません。居所はこっちが聞きたいくらいです」

佐野は手帳を手に訊ねた。

「最後にお見えになったのは、いつでしょう」

穂高が少し考える。

「たしか、三年くらい前だったかな」

「三年――」

少し驚いた声で石破が確認した。

「ええ。盆の連休前だったから間違いありません。一度顔を出すと毎日のように来るし、来なくなると何年もあいだが空く。昔からそういうやつです」

石破はカウンターに肘を置き、穂高に訊ねた。

「東明さんとよくつるんでいたとか、親しかった人物とか、ご存じですよね。教えてもらえますか」

穂高が苦笑いを浮かべる。

「あいつとつるむやつなんて、そんな物好き、いませんよ。将棋好きなら大抵、あいつの名前は知ってると思いますが、うちの客であいつと親しくしてた人間なんていないはずです」

石破が唇を結び、鼻から息を吐いた。

「――そうですか」

ああ、そうだ——と穂高が思い出したように声をあげた。

「そう言えば、ひとりいたな。それも有名人が」

「誰です」

佐野は被せるように訊ねた。

「プロ棋士の上条桂介六段——ご存じですか」

身体が固まる。唾を呑み込み、佐野は肯いた。

「炎の棋士とか、呼ばれてる人ですよね——東大出の。雑誌で見たことがあります」

「そう、その上条六段。まだ東大生のころ一度、東明とうちに来たことがあるんです」

「へぇ。驚いたな」

営業用とも本音ともとれる口調で、石破が言った。

「びっくりでしょ。あの、いまを時めく上条六段と、家《や》ぐれの東明がつるんでたなんて」

武者震いが全身を襲う。佐野は手元の手帳に視線を落とし、震えないよう力を込め、ペンを走らせた。

世間話をするような口調で、石破が言った。

「ほーう。おふたりは、どういう関係だったんですか」

ふっ、と穂高が鼻から息を抜く。笑みを見せて言った。

「十二、三年くらい前だったかな。将棋道場でたまたま知り合って、あいつが連れて来たんです。一時、結構親しくしてましたよ。旅打ちにも一緒に行ったくらいだから」

「旅打ち？」

石破が眉根を寄せる。

「まあ、なんて言うか……将棋旅行ですね」

「将棋旅行？」

素っ頓狂な声で石破が聞き返す。

「あいつが真剣師だったことはご存じですよね」

石破は肯いて、先を促した。

「旅打ちってのは、博打旅のことです。地方の旦那《だんべえ》とか――いや後援者のことですけど――」

慌てて言い直す。

「そこで宿を借りて、その土地の将棋好きと賭け将棋をするんです。もちろん、上条六段はやってないと思いますよ。現役の東大生だったし、観戦専門でしょう。東明は、人間はろくでなしですが、将棋の才能はすごい。目の当たりにしたい気持ちは、わかります」

――たしかに、上条の気持ちはわかる。

東明の将棋には、魔が宿っていた。見る者を惹き寄せずにはおかない、その悪魔的な魅力は、奨励会時代の佐野も感じ取っていた。

「ちなみに――」

あくまでも世間話のような口調で、石破が続ける。

「どちらへ行かれたんですか、ふたりで」

「東北です」

穂高が即答した。

「私の知り合いに、角館銀次郎って旅館主がいまして――紹介したんです、東明に」

「どんな字を書きますか」

無関心を装って、佐野は視線を落としたまま訊ねた。

漢字の説明を終えると、穂高は思い出し笑いのような表情で、頬を緩めた。

「それが、面白い話がありましてね」

「なんでしょう」

興味津々の態で、石破が被せる。

「いや――」

余計な口を利いた、という顔で、穂高が躊躇った。

石破がにやりと笑う。

「十二、三年前でしょ。殺人以外ならたいてい、時効になってます」

「それもそうですね」

笑いながら、穂高が肩を竦める。

「あいつ、上条六段が大切にしていた駒を、勝手に売っちまったんです、角館に」

「角館に売った？」

佐野は顔をあげ、思わず聞き返した。

「ええ。それも、売った金を持ち逃げしたんですよ、あいつ。血相を変えた上条さんが、旅から帰って店に訪ねてきたんです。居所を知らないか、ってね」

言葉が出ない。

石破を見る。

眉間に深い皺ができている。

石破が険しい表情で訊ねた。

「角館さんが経営されている宿の名前は、わかりますか」

ええ――と穂高が肯く。厄介事に首を突っ込んだ、という表情だ。

「語り部の宿、という旅館です」

急いで手帳に書き留める。

顔をあげた。

石破が肯く。

佐野は穂高へ、名刺を差し出した。

「ご協力、ありがとうございました。なにか思い出したことがあったら、こちらへお電話ください」

名刺を受け取った穂高が、名前を見て、はっとした表情を見せた。佐野の顔をまじまじと見る。

「佐野直也さん……ってもしかして、奨励会にいた、佐野さんじゃないですか」

驚きの声をあげる。

「ええ、まァ」

細い声で答え、視線を背けた。上司の顔を窺う。

石破は無言で、ドアのほうへ顎をしゃくった。

気難しい老人──角舘をひと目見て、佐野はそう思った。

宿の応接室に座る角舘は、麻の着物を身に纏い、怒ったような顔でソファにもたれている。

朱色の作務衣を着た仲居が、茶を置いて部屋を出ていくのを待ち、佐野は早速、話を切り出した。

「昨日、お電話でお伝えした東明重慶さんの件ですが……」

角舘は、わかっている、とでもいうように、佐野の言葉を手で制した。

「ええ、東明のことはよく覚えてます。上条六段のこともね。東明がうちに来たのはいまから十三年前、昭和五十六年です」

「失礼ですが、記憶力――およろしいですね」

石破が感心した声で言う。

「あの年は、江徳寺《こうとくじ》の秘仏の御開帳の年でね。なにせ、五十年に一度ですから、忘れようったって忘れられません。その代わり、昨日の晩飯は覚えちゃいませんが」

角舘は豪快に笑った。

石破とふたり、追従笑いを返す。

話してみれば案外、気さくな老人かもしれない、と佐野は思った。

湯呑に口をつけて茶を啜り、江徳寺とは町で一番古い寺で自分は檀家総代を務めている、と角舘は言った。

石破をちらりと、横目で見る。興味深そうな顔で聞いていた。石破とコンビを組んでから佐野は、情報を引き出すためには、相手に気分よくしゃべらせるのがなによりだ、ということを学んでいた。

寺の縁起を角舘が語りはじめる。

「江徳寺の歴史は長く、初代住職の知賢《ちけん》和尚をこの地にお連れしたのは、私の祖先でして……」

いつ終わるとも知れない長話の隙を縫って、石破が話を本筋に戻した。そのあたりはさすがにそつがない。

「で、その昭和五十六年ですが、東明さんと上条さんは旅打ちをしていたんですよね。その旅の途中で、上条さんが所有していた駒を、角舘さんが買い取ったと聞きましたが」

そこまで知っているのか、と言わんばかりに、角舘は皺だらけの目を見開いた。

「ええ、よくご存じで。真剣の元手がなくなった東明が、駒を四百万円で買わないかと持ち掛けてきたんです。あとでわかったことですが、持ち主である上条くんの許可は得てませんでした。こっちは裕福な親を持つ上条くんが東明の馬主で、いざとなれば彼が金を用意するんだろうと思ってましたから、なんの疑問もありませんでした。ところが、対局が全部終わったあと、東明がとんずらしましてね、上条くんが私の部屋に駆け込んできて、やっと事情がわかった次第です。一杯食わされたんですよ、ふたりとも」

苦々しそうな顔で、角舘は茶を啜った。

「その駒の名前は」

石破の問いに、角舘は着物の袖に腕を差し込むと、大きく息を吐き瞑目した。

「初代菊水月作、錦旗島黄楊根杢盛り上げ駒――」

欠けていたピースが、ぴたり、と嵌まる。

目を開いて角舘が続けた。

「名駒中の名駒です。あんな見事な駒を手にすることは、もう二度とないでしょう。本当なら生涯、手放したくなかったんだが、約束だからそういうわけにいきませんでした」

「約束というと――」

佐野は思わず口を挟んだ。

「上条くんは諏訪の味噌蔵の跡取り息子で、東大生という触れ込みでした。東大生は事実だったが、金持ちの息子というのは大嘘でした。本人の弁によると、あの駒は恩人から授かった大切な駒で、大きな真剣勝負に使いたいからと、東明に半ば脅されるようにして、持参したんだそうです」

遺体で発見された東明――。いまの話は、殺人の動機として充分に成立する。問題は、時間が経ってなぜ、行動を起こしたかだ。

角舘はその間の事情を、いろいろと語った。

話をまとめるとこうだ。

角舘は青森の浅虫温泉で、東明から駒を買い取った。東明は勝負には勝ったが、駒を買い戻さず、勝った金を持って姿を消した。騙された上条は、金を貯めて必ず買い戻すから、それまで絶対にほかの人間に売らないでくれ、と角舘に懇願した。そして角舘は、それを承諾した。

「あの駒なら、五百万、いや、それ以上の金を出す人間もいる。でも、彼の必死な顔を見ていると、約束は守らねば、と思いましてね。彼が私のところに来たのは、それから五年後のことでした」

昭和五十六年の五年後ということは、昭和六十一年、上条が二十五歳のときだ。そのとき上条は、外資系企業に勤め少なからぬ収入を得ていたはずだ。

石破は少し考えて、探るような目で角舘を見た。

「その駒、上条さんが手放すことは考えられますかね」

角舘は呆れたように、大きく頭《かぶり》を振った。

「まさか。五年もかけて金を貯め買い戻したんですよ。あの駒への彼の執着は、相当なもんでした。しかも彼は、その後、プロ棋士になってる」

「では、その駒はいまでも上条さんが所有していると？」

角舘は石破の顔を見て、言い聞かせるように口を開いた。

「将棋の駒や盤は、野球選手のグローブやバットのようなもんです。自分の選手生命にかかわる道具を、売る選手がいますか。よほどのことがなければ、一生手放さないでしょう。それは、棋士も同じです」

佐野の耳に、角舘の言葉が刺さった。

自分は奨励会を去るとき、連盟から渡される記念の退会駒を受けとらなかった。将棋とは一生縁を切ろう、と思ったからだ。

しかし上条は、現役のプロ棋士だ。恩人の駒を——それも名駒を手放すことは、絶対にあり得ない。

窓の外から、アブラゼミの鳴き声がした。ずっと鳴いていたのか、いま鳴きはじめたのかわからない。

石破がソファから立ち上がった。

「いや、大変参考になりました。ありがとうございます」

礼をして出口に向かう。

佐野も倣った。

玄関先まで見送りに出た角舘は、目を細めて言った。

「上条六段には、これからも活躍してもらいたいと思っているんですよ。苦学生のときに会ったのもなにかの縁だし、プロになった経緯も経緯だしね。彼にはぜひ、名人や竜昇になってもらいたいもんだ」

軽く顎を引き、同意する。

呼んでもらったタクシーの後部座席で、佐野はもう一度、角舘に向け頭を下げた。

「遠野駅まで」

石破が行先を告げると、タクシーは走り出した。

第二十章

マンションに帰った桂介は、寝室で部屋着に着替えると書斎のドアを開けた。

壁のスイッチを入れ、灯りをつける。

家具は机と椅子以外、ほとんど置いていない。

右側の壁に、天井まである書棚がある。書籍の多くは将棋関係で、ほかは画家のフィンセント・ファン・ゴッホにまつわるものがあるだけだ。

桂介は左側の壁に目をやった。

そこには、机ほどの大きさの絵画があった。ゴッホが描いた『花瓶の十二輪の向日葵』の複製画だ。このマンションを購入したとき、画商から買った。

複製画といっても出来はいい。画廊のオーナーの話だと、ゴッホの複製画専門の絵師によるものだという。観る者の心の闇に迫る真作の迫力には及ばないが、筆のタッチや油絵の具の盛り方は、本物と見紛《みまが》うばかりによく似ていた。

無造作に活けた花瓶の向日葵を見ながら、桂介は今日、会社で社員に言われた言葉を反芻した。

——休暇を取られてはいかがですか。

社長室の窓から外を眺めていたとき、背後からいきなり声を掛けられた。

振り返ると、秘書役を兼務する女性社員が立っていた。

何度もドアをノックしたのですがお返事がなかったもので、と恐縮した態で腰を折る。

話し声がするし、お電話中かとも思いましたが、あまり長いので心配になってつい——と、戸惑いがちに目を伏せた。

桂介の様子がこのところどうもおかしい。そう考える彼女の内心が、ありありと伝わってきた。

話し声——自分以外、この部屋には誰もいなかった。独り言をつぶやいていたのだ。

ほかの社員にも似たようなことを言われた。

最近、随分お疲れみたいですね。思い切って、長めの休暇を取られてはいかがですか。眠れないなら、いい医者を紹介しますよ。

同世代の男性社員は、心配そうに桂介の顔を窺った。

新規事業の展開を考えていて、それで頭がいっぱいなんだ。なにも心配ない。

桂介は強張る頬を緩め、同世代の男性社員に言ったときと同じ言葉を口にした。

女性社員は頼んでおいた書類を手渡し、それは失礼しました、と引き攣ったような笑みを浮かべ部屋を後にした。

ひとりになった途端、自嘲の笑みが湧き上がる。

社員の言うとおりだ。俺は疲れている。

生きていることに――

桂介は書斎の椅子に腰を下ろした。

背もたれに身を預け、壁の『向日葵』を見つめる。

絵画への強い情熱――自己を狂気の淵に追い詰めかねないほどの狂熱――を抱いていたことから、ゴッホは炎の画家と呼ばれた。彼は自分でも抑えきれない激情と闘いながら、三十七歳で自ら命を絶った。

東京に出てきて間もないころ、ふと立ち寄った書店で見かけた画集のこの絵が、なぜこれほどまでに自分の心を摑んで離さないのか、当時はわからなかった。しかし、いまならわかる。

自分に流れる狂った血が、ゴッホの抱く狂気と共鳴したのだ。

幾重にも筆を重ねて描かれた向日葵の花弁を見ていると、アルルのアトリエで取り憑かれたようにカンヴァスに向かうゴッホの姿が浮かぶ。ゴッホは理想を求めてアルルで暮らしはじめた。しかし、夢は叶わず、自ら胸に銃弾を撃ち込んだ。

ゴッホには自殺願望があったとする説もあるが、同時に死への強い恐怖も抱いていた、との分析もある。

まさに、いまの自分だ。

子供のころからずっと、なぜ自分はこれほど死に強い関心を抱くのか、疑問に思っていた。その理由が、ようやくわかった。

庸一から自分の出生の秘密を聞いたからだ。

諏訪を車で出たあと、どうやって自宅のマンションに戻ったのか、よく覚えていない。気がつくと、リビングのソファに倒れ込んでいた。しばらくそのまま放心していたが、ふと、母の故郷を見てみたい、という衝動が沸き起こった。

朝方ソファから身を起こし、母の故郷で、己のルーツでもある島根県の湯ヶ崎町役場へ電話をした。町が紹介されている観光用のパンフレットを取り寄せるためだ。

パンフレットは、三日後に届いた。

封筒から中身を取り出した途端、強い眩暈に襲われた。

向日葵——

パンフレットの表紙には、一面に咲き誇る向日葵の写真があった。

町の数少ない観光地で、地元の有力者が町おこしのために、自分の土地を町に寄付して作った公園だという。

諏訪に住んでいたころ、母は夏になると、道端に咲く向日葵をじっと見つめていた。あのとき母は、自分の故郷を思い出していたのだ。

しばらくのあいだ、パンフレットの向日葵に目を奪われていた桂介は、書斎の机に崩れるように突っ伏した。

意味もなく笑いが込み上げてくる。堪え切れず、声をあげて笑った。

ひとしきり笑うと、椅子の背にもたれた。見上げた天井の照明が滲んで見える。

なぜ笑ったのか、桂介自身にもわからなかった。ずっと怯えてきた恐怖の正体を知ったからか。実の父親と母親、そして庸一が、哀れを通り越し滑稽に思えたからか。ひとつだけはっきりしていることは、自分は死から逃れられないということだった。

壁の『向日葵』をじっと見つめる。

目を閉じた。

いずれ自分は死ぬ。自然の摂理からではない。身体に流れる狂った血のせいで。

いまこうしていても、マンションのルーフバルコニーの柵を乗り越えて、空《くう》に身を投げ出したい衝動に駆られる。それを、必死に抑えている。

理由はただひとつ――庸一の存在だ。

なさぬ仲の間柄とはいえ、世話らしい世話もせず育児放棄したあげく、育ったら育ったで金をせびりに来る。そんな人非人が、自分が死んだあとものうのうと生きているなど許せない。

——自分が死ぬとしたら、庸一が逝ったあとだ。

どのくらい時間が経っただろうか。

目を閉じたままじっとしていると、マンションのチャイムが鳴った。

咄嗟に壁の時計を見る。

午後八時。ここを訪ねてくるのは、ひとりしかいない。

念のため、リビングにあるインターホンの画面で来訪者を確認する。

やはり東明だった。

オートロックの解除ボタンを押す。

一分後、再びチャイムが鳴った。

玄関へ出向き、ドアを開ける。

「よお」

東明はそれだけ言うと、靴を脱ぎ、勝手知ったるリビングへ向かった。桂介の都合などお構いなしだ。

後ろ姿を見ながら、あとに続いた。

散髪などしていないのだろう。脂ぎった髪が襟元まで伸びている。しばらく風呂にも入っていないのか、饐《す》えた臭いが漂った。

桂介はキッチンの冷蔵庫から缶ビールを取り出し、テーブルに置いた。よほど体調が悪いのか、東明はソファに身を預け、軽く顎を引いただけだった。

サイドボードから盤と駒を出し、テーブルを挟んで東明と向き合う。

ふたりとも無言で、駒を並べた。

振り駒はしない。

このところ先手は東明と決まっていた。それでも、三番に一番は桂介が勝つ。桂介が強くなったというより、東明が弱くなったのだ。病気のせいで、香車一枚は確実に、東明の棋力は落ちていた。

東明は桂介のところへ、週に一度の間隔で真剣を指しに来る。最低でも三局、場合によっては五局指すときもある。一番でも勝ち越すまで、東明は勝負を続けた。

東明が桂介のマンションに来るようになってから半年、対局の数は優に百を超えた。トータルでは桂介も二割は勝っている。つまり、東明の勝ち分は六割――一局十万で百回指したとすれば、六百万になる勘定だ。

庸一に渡す金と違い、捨て金になっているとは思わなかった。

六百万。将棋の教授料だと思えば、安い金だ。

東明が舐めるように缶ビールに口をつける。最近は酒量もめっきり落ちた。缶を二本空けることはまずない。

一局目の勝負は五分の形勢で進んだ。先手四間飛車に対し、桂介は珍しく舟囲いで臨んだ。振り飛車には玉を厚くしての持久戦が好みだが、たまには後手番での速攻も、試してみたかった。

終盤、難しい局面で桂介は勝ち筋を発見した。

☖5七桂不成《ならず》――からの寄せに入る前に、一手溜め、攻防の角を6六に据える手が絶妙手。これで手勝ちになる。

上目遣いにちらりと、先手の顔を窺った。

東明は膝に肘をつき、幽鬼のような顔で盤面を睨んでいる。

浅虫温泉で見た鉈割り元治と同じだ。

東明に、病院へ行っている様子はない。行っているならすぐに強制入院させられるはずだ。痛みが強いのだろう。時折、顔を大きく歪める。対局中に席を立ち、手洗いに行って戻ってくると、苦痛に歪んでいた表情が見違えるほど穏やかになるときがあった。

手洗いで何をしているのか、桂介は聞かなかった。聞いても答えないだろうし、知ったら知ったで、ろくなことにはならない。そうわかっていた。

桂介は二、三度指先にしなりをくれ、6六に角を突き差した。

東明が大きく息を吐く。

五分ほど考え、ぼそりと言った。

「お前、本当に強くなったな。大会に出りゃあ、アマ名人になれるかもしれねえ……」

本音か世辞かわからないが、悪い気はしなかった。

見ると、目は本気だった。

そのまま東明は右手を持ち駒に添え、投了のサインを出した。

すぐに駒を並べはじめる。

これで最低でもあと二番勝たないと、東明は帰れなくなった。

二局目は相居飛車になった。

互いに飛車先を切り、先手の東明が☗3四飛と横歩を取った。

3三に角をあがる。横歩取りにおける後手番の定跡だ。

東明は☗8七歩。飛車先を止めてこれも定跡。

が、その瞬間、桂介を偏頭痛が襲った。

最近、将棋を指していると、突然の頭痛に見舞われることがあった。痛みが治まりかけると、盤面に向日葵が咲く。まるで、桂介を嘲笑うかのように、八十一マスすべてに小さな向日葵が咲き誇る。

そしてそれは、痛みの潮が引くと同時に、すーっと眼前から消えていく。

しかし一か所だけ、向日葵の残像が消えないマス目があった。いつもそうだ。

いまは8五のマス目で咲いている。

☖8五飛――勝負手だということは、直感でわかった。

通常は8四に引く飛車だが、向日葵はそう指せ、と言っている。

自分のなかの狂った血が、その手を求めている。

死への希求――が、猛然と襲い掛かってくる。

――死ねない。

――庸一より先に、死ぬことはできない。

盤面に目を落としたまま、桂介はつぶやくように言った。

「あんた。前に自分が言った言葉、覚えてるか」

「なんの話だ」

「駒の借りを返す、って話だ」

缶ビールを口に運んでいた東明の手が止まる。が、すぐに、何事もなかったかのように

ビールを喉に流した。ゲップを吐きながら答える。

「身体はこのザマだが、こっちはまだいかれてねえ」

こっちと言いながら、東明は自分の頭を指した。

☖8五飛。桂介は静かに駒を置いた。刹那、盤上の向日葵が消える。

東明はなにも言わず、☖8五飛の意味するところを考えている。

五分後、東明がぼそりと口を開いた。

「──誰だ」

唇を動かそうとした。が、糊で貼りついたように口が開かない。

数秒後、ようやく、言葉が出た。

「上条庸一。かつて、俺が父親と呼んでいた男だ」

我ながら、他人事のような声だった。

「そいつはどこにいる」

盤上を見つめたまま東明は、そっけない声で言った。まるで、宅配便の住所を聞くような口調だった。

桂介は諏訪の住所を声に出して言った。

東明が二、三度、口のなかで繰り返す。

将棋指しは押しなべて、記憶力が高い。いつも扁桃体を鍛えているせいだろう。

住所を記憶に焼き付けたのか、東明はのんびりした声で言った。

「諏訪か。あそこはいいところだ。若いとき一度だけ行ったことがある。駅裏にあった店の蕎麦が美味かった」

言いながら、東明は5八に王を立つ。

桂介を上目遣いに見た。

「いいんだな――」

念を押した。

「ああ」

桂介は叩きつけるように、５二に駒音高く玉を上がった。

数秒後、東明は大きく肯いた。

「わかった。お前は俺が仕事を済ますまで、諏訪に近づくな」

目を見据え、首をぐるりと回す。

「終わったら、ここへ来る」

二局目は桂介の勝ち。三局目も桂介が勝った。

投了後、東明はげっそりやつれた顔で自嘲の笑みを浮かべた。

「三連敗か。俺ももう年貢の納め時だな。今日の分は――」

桂介は被せるように言った。

「今日の分はいい。手数料だと思ってくれ」

ふっ、と東明が鼻から息を抜く。

「済まねえな」

桂介はふと、不安に囚われた。

――持ってひと月に思えるこの体力で、本当に仕事ができるのか。

内心を見透かしたように、東明が薄く口角を上げる。

「心配すんな」

桂介は眉根を寄せた。

「殺しってのはな、なにも力がすべてじゃねえ。女の殺人犯だっていっぺえいるだろ。やり方はいろいろある」

――なるほど。

東明は子供のころから裏街道を歩いてきた男だ。そういう意味では、信用できた。

なあ――と話題を替え、東明が快活な声で言った。

「お前、プロになれよ。お前なら、なれる。俺ァ、行状が祟《たた》って駄目だったが、お前なら大丈夫だ。いまからでも遅くねえぞ」

東明はソファに手をつくと、よろめく身体を支えながら立ち上がった。壁をつたうように玄関へ向かう。

もう手を動かすのも辛いのだろう。荒い息を吐きながら靴を履くと、東明は桂介を振り返った。

「今度会うときは、借りを返し終わったときだ」

ああ――声に出したつもりだったが、掠れて言葉にならなかった。

玄関先で東明を見送ったあと、桂介はその場に膝をついた。

気がつくと、声に出して笑っていた。

雄叫びが哄笑に交じる。

いつの間にか、頬が濡れていた。

向日葵――

幻影が、玄関先に咲き誇っていた。

第二十一章

病院の応接室で、佐野は医師が口にした病名を繰り返した。

「骨肉腫」

向かいのソファに座る医師の音羽《おとわ》は、手にしたカルテを開いて肯いた。

「東明重慶さん、昭和二十一年十月二日生まれ。当院を五年前の六月に受診していますね。左足の大腿部に強い痛みとしこりを感じて来院しています。レントゲンですぐ、悪性である可能性が高いとわかったので、紹介状を持って至聖《しせい》へ行くよう勧めました」

至聖は豊洲にある総合病院だ。大きさでは都内で五本の指に入る。病院の名前を聞いただけで、東明の病が重いものだったことがわかる。

佐野と石破は、音羽医院を訪れていた。新宿にある整形外科だ。

遠野から戻ってきたふたりは、東明の身辺をさらに調べた。遺体が遺棄されたとされる三年前に、東明が厄介な問題に巻き込まれていなかったか、あるいはなにか悩んでいた様子はなかったか、慎重な捜査を重ねた。

鑑取り捜査の過程で新たな情報が入ったのは、調べはじめて四日後だった。

東明の検視を担当した臨床医から報告があり、大学病院に回していた病理検査の結果が判明、遺体の骨に病変が発見されたというのだ。臓器はすでに腐敗して細胞を取り出せなかったが、残っていた骨を調べたところ、大腿骨に含まれる細胞の異変が発見されたとのことだった。

「おそらく、原発性悪性骨腫瘍の類だと思われます。正確な病名は専門医の鑑定が必要とのことでした。いまわかっていることは以上です」

四日前の捜査会議で、鑑識の古参捜査員はそう報告した。

佐野と石破は報告を受けた翌日から、東明が根城にしていた新宿界隈の病院を隈なく回った。内科、消化器系、外科——診療科目は限定せず、病院と名のつくところは虱《しらみ》潰しに当たった。

そしてようやく、新宿歌舞伎町裏の音羽医院にたどり着いた。受付の看護婦に警察手帳を見せ、ある人物が診察を受けていないか調べていると伝えると、取り次ぎを受けた医師はカルテを当たってくれた。待つこと十分、看護婦からもたらされたのは吉報だった。

午前中の診察を終え応接室に姿を見せた音羽は、挨拶もそこそこに身体をソファに沈めると、手に持ったカルテを佐野に見えるように向けた。

おそらくドイツ語だろう。見てもなにが書いてあるか、さっぱりわからない。

石破は見てもしょうがないと思っているのか、カルテには目もくれず、単刀直入に訊いた。

「本人に病名は伝えましたか」

まさか、という顔で、音羽が首を振る。

「見立てでほぼ間違いないと思っても、最終的な判断は細胞診検査の結果が出てからになります。医師としては当たり前のことです。だからそのときは、悪いものである可能性がある、とだけ伝えました。ただ――」

音羽は淡々とした口調で続けた。

「血液検査の結果では、肝臓の数値もかなり悪かったんですよ。よくない痩せ方や顔色から、臓器に転移している可能性が高いと思いましたね」

佐野はカルテの向きを変えて音羽のほうに押し戻した。

「東明さんは、至聖病院に行ったんでしょうか」

カルテをファイルに戻しながら、音羽は首を捻った。

「そこまではわかりませんね。行くか行かないかは、患者さんの意思ですから」

東明が音羽医院を訪れたのは、初診のときの一回だけだった。

時間を取らせた礼を言い、ふたりは音羽医院をあとにした。

外に出ると、石破は無言で近くのコンビニへ向かった。黙ってついていく。案の定、喫煙所だった。

もどかしげに煙草を取り出し、口に咥える。早々に火をつけた。盛大に紫煙を吐き出し、満足そうに瞑目する。

吸い終わるまで、いつものように隣で大人しく待つ。

ホープを燻《くゆ》らしながら、石破は独り言のようにつぶやいた。

「行ってねえなあ」

脈絡が摑めない。口を開け、佐野は続きを促した。

察しが悪い、とでも言いたげな目で、石破がこちらを見る。

「東明だよ。至聖には行ってねえ」

「どうしてわかるんですか」

石破は煙草の灰を、備え付けの灰皿に落とした。

「癌の治療をするとな、火葬後は骨にそのあとが残るもんなんだ。人工的な赤や緑の点が、骨にぽつぽつとある。俺のおふくろがそうだった。鑑識の報告では、そんなこと言ってなかっただろう」

石破らしい、断定的な口吻だ。佐野は疑念を口にする。

「使用される薬が同じとは限りません。必ずしも、骨に治療の痕跡が残るとは言い切れないんじゃないでしょうか」

佐野を見る石破の目が細くなった。

「仮にそうだとしても、だ」

横を向いて続ける。

「これまでの捜査でお前もわかってきただろ、東明という人間がよ。医者から言われて、はいそうですかと、病院に行くタマかよ。ずっと賭け将棋の腕一本で生きてきたんだ。そんな人間が、たとえ医者とはいえ、自分の人生を他人に預けるとは思えねえ」

言われてみれば、そのとおりかもしれない。佐野は視線を落とした。

まあ──と、石破は灰皿で煙草を揉み消しながら言った。

「そんな野郎が頼るやつァ、自分と同じような人間だろうよ。人を信用せず、孤独で、生きることに価値が見いだせない。そんなやつさ。類は友を呼ぶ、ってな」

脳裏に上条桂介の顔が過る。

整った顔はいつも無表情で、目は人形のそれのように感情がない。遺体で発見された東明と、初代菊水月の駒の所有者と思われる上条とは、いったいどんな関係だったのか。

「おい」

呼ばれて我に返った。

視線をあげると、喫煙所に石破の姿はなかった。周囲を見渡す。

十メートルほど離れた道路の先で、石破がこちらを睨んでいた。

「なにぼさっとしてんだ。至聖に行くぞ。念のため、東明が行ってるかどうか確認する」

待たせるのは平気だが、待つのは大嫌い——それが石破だ。コンビを組んでおよそひと月、上司の身勝手にも慣れてきた。

急いで追いかけようとしたとき、胸元で携帯が震えた。着信を確認する。五十嵐管理官からだ。

素早く通話ボタンを押した。

「もしもし、佐野です」

「俺だ。いま大丈夫か」

佐野は、はい、と答えながら石破に向かい、声を出さずイガラシ、と口の開閉で伝えた。

了解した石破が駆け寄ってくる。

五十嵐は早口で言葉を発した。

「駒から検出された指紋だがな。いま、照合の結果が出た」

携帯を握り締める。

遠野から戻り、例の駒の所有者は上条桂介である可能性が高い、と報告したあと、別な班の捜査員が上条の指紋の入手に動いた。駒に残された指紋が上条のものと一致するか確かめるためだ。

　五十嵐が低い声で告げる。

「駒の指紋と上条桂介の指紋が一致した。というより、駒からは上条の指紋しか検出されていない。遺体を遺棄した人物は上条と考えてほぼ間違いないだろう。死体遺棄の容疑でこれから上条は、行動確認の対象となる。石破とお前を中心に担当してもらうつもりだ。棋士の日常や活動は、奨励会にいたお前なら詳しいだろう。東明の調べは、別な捜査員を割り当てる」

「承知しました」

　唾を呑み込み、応諾した。

「石破と替わってくれ」

「はい」

　無言で石破に携帯を差し出す。

　受け取った石破は、ときどき相槌を打ちながら五十嵐の言葉を聞いていた。

「わかりました。では」

　携帯を佐野に返す。

　通話はすでに切れていた。

　石破はズボンのポケットに両手を突っ込むと、高層ビルに囲まれた空を見上げ、文字を

な」

「将棋界、異端の天才が死体遺棄事件に関与——か。マスコミが大喜びしそうなネタだ

読むような口調で言った。

佐野は唇を嚙んだ。いかにも、週刊誌がつけそうな見出しだ。

石破の言うとおり、メディアは東大卒のエリート棋士・上条のスキャンダルに、よだれを流して飛びつくだろう。将棋界にとっては大きな痛手になる。仮に上条がシロでも、世間の将棋に対するイメージは悪くなるはずだ。もしクロなら、棋士の権威を著しく貶《おとし》めたとして、上条は連盟から除名処分の対象になるだろう。

上条六段はいずれにしても、任意の引退か除籍か、プロではいられなくなる。

「いつの世も、天才ってのは凡人にはわからねえ重いもんを、背負ってるのかもな」

大きく息を吐き、石破がぼそりと言った。

第二十二章

――平成六年十二月

壬生《みぶ》が長考に沈んだ。

残り時間の大半を使い、桂介の玉の詰みを読んでいる。

先手の玉も後手の玉も、詰むや詰まざるや、の状態だった。

長手数の難解な詰将棋に出てきそうな局面だ。

控室でモニターを見ながら検討している立会人の棋士たちは、おそらく頭を抱えていることだろう。壬生でさえ、読み切れないのだ。

桂介は、手元のミネラルウォーターに手を伸ばした。口に含み、ゆっくりと喉に流し込む。

自玉は詰まない。飛車で王手を掛けられたときの角合いが絶妙で、一手余している。間《あい》駒《ごま》の角が壬生の王の頭に利いていた。角合い自体が、詰めろになっている。

壬生が盛んに首を傾げ、頭を掻きむしった。

どう見ても徳俵まで押し込んでいたはずの将棋が、気がつくと逆に、自分の足が俵に掛かっている。狐に摘まれた気分だろう。

この角合いの筋を発見した途端、桂介の身体を電流が走り抜けた。

脳内がエンドルフィンで満たされ、射精にも似た快感を覚えた。

——向日葵だ。向日葵が教えてくれたのだ。

わかっている。幻影に過ぎないことは、自分でもわかっていた。脳が、向日葵の姿を借りて、その局面での最善手を盤面に映し出しているのだ。

しかしそのおかげで、迷いが吹っ切れる。自信を持って、指せる。

ゴッホも、こんな気分を味わったのかもしれない。

桂介は最近、そう思うようになった。

記録係が時を数え上げる。

——五十秒……五十五秒……。

「壬生竜昇、一分将棋でお願いします」

記録係が上擦った声で告げた。

壬生は肯くと、上体を反らして天井を見やり、二、三度、首を揺らした。

決断するときの壬生の癖だ。

——三十秒。

記録係の声を聞くと同時に、自分の王将を摘まみ、香車の上に滑らせた。

米長玉《よねながぎょく》——王の早逃げ八手の得、を地で行く受けの手筋だ。

壬生は茶托の湯呑に口をつけると、天井を見上げたまま瞑目した。

壬生の指した☖9二玉は予想された手だった。

絶妙の角合いを見破ったのだ。

桂介の玉が詰まない以上、受けに回るしかない。

今度は桂介が長考に沈んだ。

壬生は扇子を手にした右手を顎に当て、自玉のあたりを見つめている。

ここで必至がかかれば桂介の勝ちだが、王様が一手先に逃げる米長玉を追い詰めるのは、容易ではない。

先ほどの順で角の王手を掛ければ、6五に中合いの歩を打たれ、☖7四銀と弾かれる。

角を切るのは論外だ。

ここで王手の筋はない。先手を取れる詰めろだ——いま必要なのは、必至に近い詰めろ、だ。

桂介は盤面を凝視した。

なにか手があるはずだ――直感がそう言っている。絶妙の角合いなどという筋がある以上、勝利の女神は桂介のほうに微笑んでいる。それが将棋というものだ。

しかし、読めば読むほど、わからなくなった。

どんな詰めろも、的確に受けられると後が続かない。

桂介は記録係に声をかけた。

「あと何分ですか」

時計を見た記録係は、手元の棋譜用紙を確認しながら言った。

「上条先生の残り時間は、あと一時間と四十三分です」

盤面に目を落としたまま、細く、長く息を吐く。

一時間半以上ある。

壬生は持ち時間を使い切り秒読みだ。

時間の上では圧倒的有利――

三勝三敗で迎えた竜昇戦最終局は、終盤の山場に差し掛かっていた。

勝ったほうが竜昇――壬生が勝てば三度目の防衛、年明けからはじまる王棋戦が史上初の七冠をかけたタイトル戦になる。ファンが沸くことは必定だ。

一方、桂介が勝てば、奨励会を経ずに編入試験を受けてプロになった異例中の異例の棋士が、初タイトル――それも将棋界最高峰の竜昇位を、獲得する。

アマチュア名人を獲得し、プロ棋戦への参加資格を得て臨んだ新人王戦でタイトルを獲得した桂介は、一躍、将棋界注目の人となった。その後も、プロとの対決で五勝三敗と勝ち越し、プロ編入への機運は一気に高まった。

迎えたプロ編入試験。五人と対局し三勝すればプロになれるという状況で二連勝――プロまであと一勝。そこで桂介はベテラン三田《みた》七段に敗れた。

プレッシャーや緊張からではない。

敗因ははっきりしていた。

向日葵が咲かなかったからだ。

事実、二局目の若手、佐橋《さはし》六段との対局では、中盤で向日葵が咲き、その手を境に、圧倒的大差を構築して勝った。

――いやあ、強い。強すぎる。

それが、佐橋六段が投了したあと盤側に座った、立会理事、吉岡《よしおか》八段の第一声だった。

三局目、なぜ向日葵は咲かなかったのか。

三田の容貌が、庸一に似ていたからか。

壬生の咳払いが聞こえた。

盤面に顔を落としたまま、ちらりちらりと、桂介を睨みつけている。

壬生睨み――だ。

難しい局面で壬生が無意識に見せる癖だ。

壁時計を見た。

四時二分。

盤面に意識を集中する。

壬生が手洗いに立つ気配を感じた。

袴の裾に手を添え、部屋を出るところだった。

持ち時間が切れているのに手洗いに立つ――さすがは壬生だ。

桂介はそう思った。

いま手を指せば、自動的に壬生の秒読みがはじまる。壬生は時間切れになる可能性がある。

にもかかわらず、手洗いに立った。

棋士がそんなことをするはずがない、と思っているのだ。

やれるならやってみろ――

壬生はそう言っている。

出る杭を打っておくつもりなのか。壬生はこのタイトル戦、あらゆる心理戦を駆使してきている。

意識的に──なのか、無意識のうちにそうしているのかは、わからない。

おそらく、後者だろう。

これまで壬生が、将棋界を席巻する過程で先輩棋士から受けた洗礼を、後輩である新人に無意識のうちに施している。そう桂介は見ていた。

──これぐらいのプレッシャーに負けるようでは、タイトルは獲れない。

壬生のなかに、どこかそんな考えがあるのだろう。

邪念を払った。

持ち時間を使い切るつもりで読む。


いつの間にか、壬生が着座していた。

顎の前で構えた扇子を、パチパチと、開閉させる。

──パチパチ。パチパチ。

一定のリズム。

催眠効果のように、意識が、遠ざかった。

誘われるように、目を閉じる。

三年前の記憶がふと、海馬の奥から立ち上がってきた。

──駄目だ。いまは、駄目だ。

振り払おうとする。

が、記憶は、徐々に意識の大半を占めはじめた。

「上条先生、残り一時間です」

記録係の声──意識が盤面に引き戻される。

はっとして、壁の時計を見た。

手番になって四十分が過ぎている。

気づいて、血の気が引いた。

こんなことは、一度もなかった。少なくともプロになって、これだけ長時間、盤外に意識が飛んだことなど、一度もなかった。

こんな大一番で、俺はなにを──

悔恨が込み上げてくる。

胆汁のような苦い唾が、口中に溜まった。

壬生を見る。

盤面を睨んでいた。

眼鏡の奥の眼光が、殺気を孕んでいる。

普段の柔和な表情とはまるで違う、壬生の一面。自他ともに認める、将棋界第一人者の顔だ。
桂介は盤面に意識を集中した。
読む。
候補手をそれぞれ、数十手先まで読み続けた。
難しい。
どの順も、はっきりしなかった。
互角なのか。
この土壇場にきて、互角なのか。
桂介はひたすら、勝ち筋を探った。
突然、壬生が唸り声をあげた。
見ると、唇を「へ」の字に曲げ、盛んに首を捻っている。
やはり、読み切れないのだ、壬生も。
桂介は念じた。
咲け、向日葵――
頭痛を期待し、身構える。
が、痛みは襲って来なかった。
壁時計の秒針が時を刻む。

目を閉じ、念じ続けた。

狂った血――咲け。

が、いつもの偏頭痛は、兆候を見せなかった。

「上条先生、残り十分です。何分から秒読みをいたしますか」

記録係の声がした。

「五分でお願いします」

桂介が答えた。

読む。

読み切れない。

どの手も、勝ちになる順が見つからなかった。

心臓が早鐘を打つ。

残り二分を切った。

「三十秒……四十秒……」

集中する。

「五十秒……五十五秒……」

駄目だ。

「上条先生、一分将棋でお願いします」

これで時間は壬生と互角。

唯一の優位が消えた。

＊

佐野は石破の存在も忘れて、大盤を凝視した。

――どっちの勝ちか、まるで分からない。

解説の崎村《さきむら》八段が、盤面に手を添えたまま横のモニターを見つめている。

ぼそりと言った。

「いやァ、わからないですねえ」

嘆息する。

聞き手の広岡《ひろおか》女流三段が、怖いほど真剣な声音で言った。

「上条六段。受けますか、それとも攻めますか」

崎村はモニターを見ながら、上の空でつぶやいた。

「……どっち、だろ」

＊

詰めろ――いや、攻防の一着でいい。

ある、なにか必ず、ある――

突然、桂介の脳が悲鳴を上げた。

頭痛。

来た――

「三十秒」

秒読みがはじまった。

「四十秒……」

頭が割れるように痛む。

「五十秒、一、二、三、四……」

間に合え。

間に合え、向日葵――

駒台の歩を摘まむ。

「六、七」

「八」

震える指で、素早く自玉の腹に置いた。

受けるならこの一手――いつのまにか、そう思えていた。

駒から手を放す。

「あッ」
利那、声が出た。
二歩——
壬生が啞然とした表情で、盤面と桂介を交互に見やった。
信じられないものを見た、という顔だ。
桂介自身、信じられなかった。
二歩の反則負け——小学生のとき、唐沢相手に一度やったきりだ。
身体が動かない。
そのまま固まった。
いつのまにか、音が消えていた。
誰も、口を開かない。
息を吞む気配だけが、伝わってくる。
対局室は——声を失った。

第二十三章

午前五時。

佐野と石破は山形駅の上りホームにいた。

外の気温は零度を切っている。

佐野は両手に息を吐きかけ、擦った。

山形新幹線の始発からの張り込みを石破に進言したのは、上条が負け、会場の騒然とした空気が落ち着きを取り戻したあとだった。

「上条は始発の新幹線に乗ります」

そう耳打ちすると、石破は怪訝そうな表情で眉根を寄せた。

——なぜ、そう言い切れる。

顔がそう言っている。

最終局まで縺《もつ》れた世紀の一戦は、挑戦者の反則負けという、誰もが目を疑う形で幕を下ろした。

自分の歩が存在するにもかかわらず、同じ筋に歩を打つのは反則だ。将棋というゲームでは即座に負けになる。

初心者がよくやるミスだった。

将棋を覚えたてのころは——いや、初段クラスになっても、誰もが一度や二度は経験している。

プロの対局でも、たまに見かけるほどありがちなミスだった。

思考のエア・ポケットに嵌まり、すでにある歩の存在を、手を読んでいるうちに、つい忘れてしまうのだ。

佐野にも、経験があった。

奨励会時代、相手が二歩を犯した瞬間を目の当たりにしている。

そのときは、勝ったという嬉しさよりも、居たたまれなさが先に立った。二歩を犯した側の心境に立つと、とても喜ぶ気分にはなれなかった。

一生懸命指し継いできた将棋が、一瞬にしてふいになる——反則負けした側の懊悩、痛恨は、いかばかりのものか。自分でも経験があるだけに、痛いほどわかった。

——誰とも喋らず、誰とも目を合わさず、この場から消えてしまいたい。

アマチュア棋戦で二歩を目の当たりにしたとき、佐野はそう思った。

鬼の棲家といわれる、食うか食われるかの三段リーグでの、このケアレスミスは、致命傷に近い。しかも指し手は、年齢制限の壁に圧し潰されかけているベテランだ。一局、一局に人生を賭けて戦う奨励会三段である。

しかし、そのときの何倍も打ちのめされたのが、昨日の上条だろう。

衆人環視のなか、日本中の将棋ファンが注視する世紀の一戦で、あと一歩で棋界の最高峰に手が届こうかというところで、考えられないミスを犯した上条の心境は、誰にも忖度できない。

打ち上げの席で上条は、おそらく能面のような笑顔で、関係者の酌を受けていたと思う。打ち上げ終了後、もし上りの新幹線があれば、天童からタクシーで山形駅に乗りつけ、すぐにも飛び乗っただろう。

自分ならきっとそうする。

だとすれば、上条は誰とも顔を合わせずにすむ始発で東京へ発つはずだ。

昨夜泊まった旅館の部屋で、佐野はそう石破に進言した。

ふたりは昨日、山形県天童市に入った。プロ棋士の上条桂介を追ってのことだった。天木山山中男性死体遺棄事件に、上条が関与している線が見えてから、四か月が経っていた。

いま世間が注目している著名人を引っ張って、万が一にも見立てが違っていたら、マスコミは大騒ぎし警察の信頼が大きく損なわれる。それを恐れた上層部は、慎重のうえにも慎重を重ねて内偵を進め、上条の関与はほぼ間違いないと判断した。

加えて、いま世間は空前の将棋ブームだ。壬生が前人未到の七冠達成なるか、炎の棋士と呼ばれる異端児、上条が阻止するか、多くの者が勝負を見守っている。そのなかでの上条の逮捕は、社会的影響が大きい。上条に逃亡の可能性は極めて少ないなど、諸々の事情から上層部は、上条を引っ張るタイミングは竜昇戦終了時と決めた。それが、一昨日のことだった。

佐野と石破はすぐに出張届を提出し、昨日、上条が対局のために訪れている天童市へ来た。

部下の意見に、石破は紫煙を吐きながら肯いた。

「なるほど。一理あるな」

石破が温くなった燗酒を佐野の猪口に注ぐ。

佐野は徳利を受け取ると、石破に酌を返しながら訊ねた。

「やっぱり、上条が東明を――」

遺体のシャツに付着していた東明のものと思われる血痕と、ナイフ等によるものと思われる鋭利な切断面。論理的に考えれば、上条が東明を刺殺し、遺体と共に駒を埋葬した、と考えるのが普通だ。

「お前。さっきの課長の電話、どう思う？」

旅館に着いて間もなく、大宮北署の糸谷《いとたに》から佐野の携帯に電話があった。

鑑取り班が、東明と遺体が発見された天木山の麓の小浦町《こうら》との繋がりを摑んだ。東明は一時期、そこで女と暮らしていたという。

「かつて自分が住んでいた町の近く——ということは、東明のほうからその場所を提案した、ということでしょうね」

「なんのために」

「それは……金の受け渡し、とか」

石破が小馬鹿にするように、鼻で笑う。

「そんな貧弱な想像力で、よく将棋指しになろうと思ったな」

佐野はむっとした。そんなことは、言われるまでもなく自分が一番よく知っている。

「じゃァ石破さんは、どういう見立てなんです」

自分でも、声が気色ばんでいるのがわかる。

石破は酒を呑み干すと、徳利を手にし手酌で猪口を満たした。

「そもそもの発端はなァ——」

猪口に口をつけながら言う。

「上条の親父の失踪だ」

「東明の遺体が先では？」

思わず言葉が口を衝いて出た。

「馬鹿野郎。俺は時系列で言ってんだ」

「時系列？」

「ああ。上条の親父が失踪した時期は、東明の死亡推定日時より前だ。鑑識によると東明が死んだのはいまからおよそ三年前、上条の父親はその前から姿を消している」

「つまり、なんらかの事情によって、先に上条の父親が殺された。そう石破さんは言いたいんですね」

石破は煙草に火をつけ、忌々しそうにつぶやいた。

「そうだ。事情は金銭絡みだろう。あの親父、ろくなもんじゃねえ。たぶん、出世した上条に金をせびってたんだ」

「そうすると――」

佐野は頭を整理した。

「上条は父親を殺し、その秘密を嗅ぎつけた東明も手にかけた。そういうことですか」

石破が紫煙と共に大きく息を吐き出した。

「だからお前は、プロの将棋指しになれなかったんだよ。いいか、考えてみろ。人をふたりも殺した人間が、表舞台で脚光を浴びたいと思うか。発覚すれば、死刑の可能性もあるんだぞ。陰に隠れて、できれば他人に成りすまして、年月をやり過ごしたい。そう思うのが普通だ。だが上条は、親父の失踪と時を同じくしてアマチュア棋戦に出はじめ、連戦連勝で、ついにはプロにまでなった。マスコミが注目するなかでな」

言われてみれば、そのとおりかもしれない。殺人を犯した人間は、できれば社会の片隅でひっそり生きたい、そう願うのが普通だろう。第一、資産数十億と噂される上条は、金ならすでに腐るほど持っているのだ。海外にでも出れば、いくらでもやりようはある。

石破が灰皿で煙草を揉み消す。

「仮に、上条がふたりを殺したとして、動機はなんだ」

「怨恨、金、口封じ……」

思いつくままに口にする。

「親父は怨恨と金絡みだとしても、東明を殺す理由はなんだ」

「駒の売買代金を持ち逃げされた恨み、父親の失踪の件で強請《ゆす》られたことによる口封じ、じゃないでしょうか。あるいは、その両方が重なっての動機かもしれません」

石破は丹前の懐に両手を入れ、視線を宙に漂わせた。

「納得いかねえなァ」

「なにがです」

「だってお前、ほっといても東明は、すぐ死ぬんだぜ」

「上条は東明の病気を知らなかったのでは」

「死期が迫った人間の顔は、見ればわかるさ。あれだけの男ならよ」

それは——と反論しかけて、佐野は喉の奥で言葉を呑んだ。

上条ほどの人間なら、死期が迫った人間の顔がわかる。なんの根拠もない御託だ。しかし石破に反論したところで意味はない。

「しかしそれにしても、なぜ、駒を埋めた。六百万もする駒をよ」

石破は独り言のようにそうつぶやくと、布団に入り、電灯を見て顎をしゃくった。

「消せ。明日は早い」

言われたまま電灯を切ると、佐野は布団を被った。枕の上で両手を組み、天井の暗闇を見詰める。

上条と東明の関係は険悪。かつて騙され、名駒の代金を持ち逃げされている。その相手の遺体の傍らになぜ——もしかすると、上条の父親を殺したのは東明で、委託殺人の報酬か——しかし、だとすれば、死者に報酬を与える意味はない——仮に、上条が義理堅い男であったとしても、手向けるなら駒ではなく、相場の現金でいいはずだ。——だとすれば、なぜ。

思考が空転する。

考えているうち、佐野は微睡《まどろみ》に落ちていた。

「来た」

佐野は思わず、小さくつぶやいた。

エレベーターから降りて、新幹線の上りホームに歩いてくる上条の姿が見えた。

左手に持つ大型キャリーケースには、対局に使った和服が入っているのだろう。右手にはこれも大振りのボストンバッグを抱えている。

佐野と距離を置いて、ホームの椅子に腰掛けていた石破は、佐野のアイコンタクトを受け、鼻から下で大きく広げていた新聞を四つ折りに畳んだ。右手で丸める。

始発電車の入線時間まであと一分。

上条は最前部のグリーン車のドアの前に立っている。

助かった。指定席なら両側のデッキをフォローしなければならない。が、山形新幹線のグリーン車の昇降口は一か所だけだ。そこだけ押さえれば、取り逃すことはない。

新幹線がホームに入ってくる。

電車を待つ客は上条や佐野たちを含めて五人。

佐野はグリーン車から離れた自由席のデッキに、足を踏み入れた。

ちらりと横を見る。

石破は最後尾車両のデッキに、身体を入れるところだった。

事前の打ち合わせどおり、石破は佐野の席まで来るはずだ。以後は、交代でグリーン車のデッキを見張る手筈になっていた。

＊

グリーン車の窓に顔を近づけ、桂介はまだ薄暗い外を見つめた。

北国の冬は白い。平地も山地も雪で覆われている。

車中の灯りが窓に、自分の顔を照らし出している。青白くくすんだ顔は、まるで病人のようだ。

昨夜は一睡もしていない。二歩を犯した局面が脳裏に張り付き、目を閉じても眼前から消えることはなかった。

プロとしてやってはいけないミス。まして、大勢のファンが注目するタイトル戦では、絶対あってはならないミス。

——なぜ、あんなミスを犯してしまったのか。

——頭がおかしくなってしまったのか。

——忌まわしい血が、動脈のなかで奔流となって暴れまわった結果のなせる業なのか。

——あんな手を指しておいて、自分は本当にプロ棋士なのか。

——そもそも自分に、生きる価値などあるのか。

窓ガラスに映る自分の顔に、ふと、東明のそれが重なった。

魂が抜け落ちた腑抜けのような顔。

目を閉じると、三年前のことが、まるで昨日のことのように思い出される。

東明が諏訪の住所を聞いて出て行ってから、庸一が桂介の前に姿を現すことはなかった。

東明がきっちり仕事を果たしたのか、それとも――単に庸一の側の事情なのか。

桂介はじりじりする気持ちを抑え、東明からの連絡を待った。

東明から連絡が入ったのは、半年後だった。

昼前、会社に電話をかけてきた東明の声は、受話器越しでもわかるほど弱っていた。

「約束は果たした」

約束は果たした――庸一はこの世から消えた。

口を衝いて出るはずの快哉《かいさい》は喉の奥に詰まり、代わりに細く長い溜め息が漏れた。

本当なのか。本当に庸一は死んだのか。

言葉にして確かめたい気持ちを抑えた。

「それで、いまどこにいる」

「新宿だ」

東明の声の後ろで、かすかに車の行き交う音がする。道路沿いの公衆電話からかけているらしい。

「約束は、果たした」

東明が、途切れ途切れに同じ言葉を口にする。

「今度は、俺の頼みを聞いてほしい」

金の無心か。桂介は椅子をぐるりと回すと、役員室の窓から外を眺めた。

「いくらだ」

受話器の向こうで、笑う気配がした。

「金じゃない」

桂介は一瞬、言葉に詰まった。

「――じゃァ、なんだ」

「俺を車で、ある場所まで連れて行ってほしい」

「ある場所？」

「そうだ」

意図が摑めない。

「それと、駒を持って来てくれ」

「駒を？」

「ああ。あの初代菊水月作の名駒だ。盤もいる」

将棋を指そうというのか。湧き上がる疑念を、桂介は振り払った。自分にできることは、すべてやる気になっていた。

「いま、新宿のどこにいる」

「花園《はなぞの》神社の、前に、いる」

東明の呼吸が、大きく乱れる。相当、身体が辛いのだろう。

「わかった。四十分くらいで行けると思う」

「ああ。頼む」

電話はそれで切れた。

時計を見る。午前十一時半。

桂介は、秘書役の女性社員に午後の予定をすべてキャンセルするよう伝えると、いったん自宅に戻り、駒と盤を積み込んで車を走らせた。

花園神社の前で車を待つ東明は、ホームレスのようだった。実際この半年、ホームレス同様の生活をしていたのかもしれない。髪も鬚も伸び放題で、異臭が漂ってきそうなほど服も汚れている。

短くクラクションを鳴らすと、桂介に気づいた東明は後部座席のドアを開けた。

シートに身を横たえると、溜め息とも、呻き声ともつかない声を漏らす。

「どこへ向かえばいい」

「埼玉……とりあえず大宮方面へ……」

シートに顔を突っ伏したまま東明が答える。

桂介はなにも言わずに、車を発進させた。

車中に会話はない。

東明の苦し気な息遣いが時折聞こえるだけだ。

岩槻インターを降りたところで、桂介は後方へ声を掛けた。

「ここからはどこへ向かう」

「天木山だ」

「天木山？」

「天木山の麓に、天木神社がある。とりあえず、そこまで頼む」

天木神社の駐車場に着くと、桂介は目立たないところへ車を停めた。エンジンを切る。

運転席から降りると後部座席のドアを開けた。

「おい、着いたぞ」

寝ていたのか、意識が遠のいていたのか、東明は閉じた目をうっすらと開けた。

「どこだ」

「天木神社の駐車場だ」

「ここから……」

言いながら東明は身体を起こした。気力を振り絞るように言葉を発する。

「歩いて四十分ばかり上がったところに、見晴らしのいい場所がある」

ドアに摑まり、東明は車を降りた。

「そこで、将棋を指してェ」

なぜ、その場所で将棋を指したいのか、桂介にはわからない。だがしかし、東明にとってそれが重要な意味を持つことだけはわかった。

「摑まれ」

盤と駒を入れたバッグを手にし、東明に肩を差し出す。

東明はよろめく足で桂介の肩に手を添えた。

車中でしばらく一緒にいたせいか、東明の身体から漂う異臭はすでに気にならなくなっていた。

痩せ細っているとはいえ、大の男に肩を貸し、重い荷物を持って山の斜面を登るのはきつかった。林立している樹木に肩を預けて、休み休み奥へ進む。

桂介は東明の言葉の意味するところをずっと考えていた。

初代菊水月作錦旗島黄楊根杢盛り上げ駒——この駒を持ってこいと言ったのは、自分と将棋を指したいからだ。それも特別の将棋を。おそらく、東明にとって最期の将棋だ。だからこの駒にこだわった。東明の身体はもう保たない。限界なのだろう。

わからないのは、群馬生まれの東明が、埼玉の山のなかを死に場所に選んだことだった。

なぜ、天木山なのか。

一時間近く登っただろうか。突然、開けた草地が行く手に広がった。眼下には麓の街並みが一望できる。

東明が呻くように言った。

「ここだ。ここでいい」

桂介はなだらかな地面にバッグを下ろし、東明を座らせた。

東明が空を見上げる。ほっとしたように息を漏らした。

桂介は東明の脇に腰を下ろすと、眼下を見やりながら訊ねた。

「ここは、あんたにとって特別の場所なのか」

質問には答えず、東明は上着の内ポケットから注射器とアンプルを取り出し、二の腕をゴムチューブで縛った。アンプルから溶液を吸い取った注射器を、肘裏の血管にゆっくりと注入する。

東明の顔が次第に恍惚としてくる。

覚せい剤――隠そうともしなかった。

そのまま樹にもたれ、目を閉じる。

しばらくして、東明は突然、歌うように語り出した。

「天木山の麓によ、小浦町って町があるんだ。まだお前より若いころの話でよう。俺の人生のなかで、一番、人間らしい生活を送った場所だ。子持ちの女と懇《ねんご》ろになって、ふたり逃げるようにして東京を出て、その町で暮らした。俺はトラックの運転手をしてなァ、仕事が終わって家に帰ると、飯の支度ができてるんだ。風呂も沸いててよう。いまでも思い出す。アパートの部屋の前まで帰って来ると、甘じょっぱい匂いがするんだ。魚の煮付けとか里芋の煮たのとかな……」

東明が遠い目で空を見る。視線を落として続けた。

「結局、その女とは二年しか一緒にいなかったが、いままで生きてきたなかで、いい思い出はその町にしかない。死んだあとでもいいから、その町が見下ろせる場所にいてェのよ」

そう言って東明は瞑目した。そのまま、死んだように動かない。

「おい」

桂介は近づき、東明の肩に手を置いた。

「大丈夫か」

びくん、と肩が震えた。目脂《めやに》のついた瞼が薄く開く。

「最期の、一局だ。振り駒で、いこうや」

東明が絞り出すように言葉を吐いた。

桂介は肯き、バッグから榧木の盤と初代菊水月の駒を取り出した。

盤を東明の前に置き、駒袋から黄楊の菊水月を取り出す。

盤上に駒を流した。

もう、駒を並べる体力は残っていないのだろう。

東明は王に手を掛けたまま、虚ろな目を盤上に向けている。

桂介は東明の分も駒を並べ、自分の歩を五枚摘《つ》まみ上げた。両手で覆い、二、三度上下させて盤上へ撒く。

「と」が三枚。東明の先手だ。

角道を開きながら、東明が言った。

「言っとくが、こりゃァ真剣だぜ」

金を取ったところで、すでに使い道はないだろう。そう思いながらも桂介は肯いた。

「いくらだ」

「金じゃねえ。俺が勝ったら、俺の頼みを聞いてくれ」

「負けたら――？」

桂介は窺うように東明の双眸を見た。目の奥に、先ほどまではなかった生気が迸っている。

「俺のことはほっぽって、このまま山を下りろ」

そんなつもりはなかったが、とりあえず肯いた。

「で、お前が勝ったら、どうすればいい」

桂介は飛車先を突き出しながら訊いた。

「俺を殺して、この場所に、埋めて欲しい」

息を呑んだ。咄嗟に、返答に困る。

「人を殺して、地面に埋めるのは、楽じゃねえぞ。俺も、難儀した」

庸一のことを言っているのだ。

――俺はお前のために人を殺した。お前も人殺しになれ。

そう言われているような気がして、桂介は動揺した。

いまの東明に、負けるとは思えない。

しかし将棋は、何が起こるかわからない。仮にも東明は、日本一と言われた真剣師だ。

――俺は東明の弱みに付け込んで人殺しをさせた。

――お前はすでに人殺しだ。

頭のなかで、別の誰かの声を聞いた気がした。

顎を引き、桂介はきっぱりとした口調で肯いた。

「いいだろう。その真剣、受けた」

三間飛車穴熊。東明の最も得意とする戦法だ。この三間飛車穴熊でアマチュア名人戦を二度制覇している。

後手の桂介は居飛車穴熊に構えた。

互いに玉をがっちり固め、じりじりと優位を築こうという作戦だ。

時間は午後三時。山肌に吹く風が、いっそう冷えてくる。

東明の指し手に迷いは見えなかった。指し慣れた順だからだろう。一手一手に隙がない。

先手の巧妙な差し回しで、飛車先を突く☗7四歩から☗7二歩と垂らされ、7筋に「と金」作りを見せられた桂介は、はっきり劣勢を意識した。

両手で肩を抱く。

抑えようと思っても、肩の震えが止まらない。

真剣の勝負に〝なあなあ〟はない。負けたほうは、どんなことをしてでも負けを詰めるのが真剣の掟だ。

桂介は盤上を凝視した。

☖8六歩と飛車先を突き捨て、☖6六歩と銀頭に叩いた。☗同銀に☖6七歩と、こちらも歩を垂らして「と金」作りを見せる。

相穴熊は「と金」勝負と言われる。玉に近い筋に「と金」を作れたほうが優勢となる。

東明が鼻から息を吸い、口から大きく吐き出した。腹式呼吸を三度繰り返すと、☗4六角と手持ちの角を自陣側に打ち付ける。どこにそんな力が残っていたのかと思えるほど、大きな駒音が山間《やまあい》に響いた。

▲4六角は飛車取りを見せると同時に、6八の歩成りを防いでいる。飛車が逃げれば、▲9一角成と香車を取られてジリ貧になる。角を合わせる一手だが、いったん▲5五歩と突かれ、じっくり▲7一歩成を見せられて不利は明白だ。

十手進んだところで桂介は負けを覚悟した。自陣の穴熊は手付かずだが、駒損のうえ、飛車を成り込まれて大差が付いている。

投了——いや、投げられない。

自分の身は殺せても、人は殺せない。

——なにを馬鹿な。

頭のなかで別の誰かの声がした。

——お前はもうすでに、庸一を殺してるじゃないか。

桂介は頭の声を掻き消すように頭を振った。

——最善手。最善手を指せ。

自分の声が鼓膜に響く。

いつのまにか、声に出して叫んでいた。

東明が赤黒く淀んだ目で桂介を見た。

「俺もまだ、捨てたもんじゃねえだろ」

桂介は盤上に目を落とし、小さく肯いた。

「ああ。真剣をやらせれば、あんたはいまでも日本一の将棋指しだ」

くくっ、と東明が喉の奥で笑った。

「そりゃァそうだ。自分の命が懸かってるんだからな」

終盤の入り口――形勢は徐々に詰まってきた。

桂介の粘りが、東明の気力と体力を削っているのだ。

それでもまだ、東明の優位は動かなかった。

この局面――☗5三歩の垂らしが利けば、先手は勝勢。だが、自陣の5九に歩を受けているのでそれはできない。

東明が長考に沈む。

すでに陽は傾き、山肌を茜色に染めていた。

「ここに――」

5三のマス目を指さしながら東明が言う。

「歩が打てりゃァなァ。人生と将棋は、ほんと、ままならねえ」

東明が上着の袖口で額を拭った。見ると、こめかみから脂汗が滴っている。薬が切れはじめたのか。顔を大きく顰め、首を上に向けてぐるりと回した。

「もう、こんな時間かァ」

独り言のように言うと、駒台から歩を摘まみ、大きく振り被った。

盤上に叩きつける。

――☗5三歩。

桂介は驚いて東明を見た。

口角を引き上げ、顔を歪めている。

笑っているのか。

東明が駒台の駒を摑み、盤上にぱらぱらと落としながら言った。

「二歩か。俺の負けだな」

言葉が出ない。薬が切れて呆けたわけじゃないのは、東明の目を見ればわかった。

眼光にまだ生気はある。

「最後の勝負が反則負けとはな、俺らしい――」

そう言うと東明は声に出して笑った。

そのまま後ろに倒れ、大の字に寝転がる。

途端、身体をくの字に折り、咳き込みはじめた。

「大丈夫か」

近づいて肩を抱き起こす。背中を擦った。

東明は苦し気に口から涎を垂らしている。

「いいか。お前は、プロになれ。お前なら、なれる」

無言で肯く。

「クスリが切れるとよ、痛《いて》えんだ……滅茶苦茶……腹んなかをよ、虫がいっぺえ、這いずり、回ってよ」

東明は途切れ途切れに言葉を発した。

「何度も、こいつで――」

言いながら上着の懐から匕首《あいくち》を取り出した。

「抉り出そうとするんだが、いざとなると、刺せねえ」

東明の気持ちは、わかり過ぎるほどわかった。

自分をこの世から抹殺したいのに、いざとなるとそれができない――

「でも、今日で踏ん切りがついた。もう、思い残すこたァねえ」

言い終わると東明は匕首を抜き、止める間もなく腹に突き立てた。

深々と――

桂介は遺体の傍らでひたすら土を掘った。

東明の腹部から匕首を抜き取り、シャベル代わりに使った。必死で土を掻き出したため、両手の爪が割れた。

――三時間。

辺りは真っ暗で、月明かりだけが頼りだった。

遺体を埋葬できるくらいの穴を掘ると、亡骸をそこに横たえた。

もう息をしていない東明の顔を見る。

金にがめついろくでなし、超一流の真剣師——東明の生き方をどう見るかは人それぞれだろう。ただひとつはっきりとしているのは、東明は自分の人生を生き切ったということだ。

盤側に正座する。

盤上に残った駒をひとつひとつハンカチで磨き、駒袋に収めた。

初代菊水月作錦旗島黄楊根杢盛り上げ駒——

駒袋を遺体の胸に抱かせた。

香典——

地獄でも、この駒さえあれば、なんとかするだろう。

この男なら。

それが東明重慶、鬼殺しのジュウケイだ。

山を下り、神社の駐車場に停めた車に戻ったときは、夜中の十二時を過ぎていた。

キーを入れ、ハンドルを握る。

そのまま突っ伏した。

嗚咽が込み上げてくる。
息を大きく吸い、目元を拭った。
ヘッドライトを点け、アクセルを踏む。
高速に向け、車を走らせた。

米沢を過ぎると雪は激しくなった。
横殴りの吹雪が、新幹線の車窓を飛び去って行く。
東明の幻影を引き摺りながら、桂介は考えた。
痛恨の二歩。
東明の最期の将棋も二歩だった。
これもなにかの因縁か。
東明の遺体が発見されてすでに四か月が経っている。
警察はどこまで自分に迫っているのか。
車窓を見詰める脳裏にふと、向日葵が浮かんだ。
——諏訪時代、母親の周りで咲き誇る向日葵。
——書斎に飾られたゴッホの複製画、花瓶のなかの向日葵。
——そして、盤上この一手を示す小さな、だが、凛とした向日葵。

拳を握った。
まだ、自分は生きている。

終章

佐野と石破はグリーン車の隣の指定席車両にいた。

始発上り新幹線の車内にほとんど乗客はいない。佐野たちの他は、新聞を読むサラリーマン風の中年男がひとりと、コートを毛布代わりに掛けた老人がひとりいるだけだった。

空いた車内で佐野と石破は、グリーン車のデッキが見渡せる最前列の席に腰かけた。回ってきた車掌に、現時点で、空いている席に座らせてもらう。

通路側に座った佐野に石破が顎をしゃくって言った。

「東京まで降りることはねえと思うが、万が一ってこともあるからな。新幹線が停まったら必ず、デッキを確認しろ」

「了解です」

佐野は肯くと、小声で訊ねた。

「昨日、課長が言ってた上条の母親の兄の自殺の件、石破さんはどう思われます」

竜昇戦が終わり、宿に帰ると、佐野は捜査本部に連絡を入れた。そのときの電話で、捜査本部は、上条の両親の戸籍を辿った結果、ふたりが島根県湯ヶ崎町の出身であること、母親の兄が自殺して間もなくふたりが駆け落ちしていることを、島根県警の協力を仰いで突き止めたという。

所轄の刑事課長の糸谷は、いずれ人をやって周辺調査をする必要があるかもしれない、そう言って電話を切った。

「今回の死体遺棄事件と直接関係はないだろうが、父親の失踪事件とはどうかなァ。世の中、なにが起こっても不思議じゃない。因果は巡る糸車だ」

──どういうことだろう。

石破の言葉を頭で反芻していると、携帯が震えた。

上着の内ポケットから取り出し、デッキに向かう。着信表示は刑事課長の糸谷だ。

「はい。佐野です」

「石破はいるか」

いつになく固い声だ。

「替わりますか」

「ああ。頼む」

携帯をそのまま手に持ち、車内に戻って石破に渡した。

「課長からです」

石破は無言で受け取り、デッキに消えた。
四、五分後、車内に戻って来た石破は、携帯を佐野に返すと、どっかりと座席に腰を下ろした。
前方を向いたまま、声を潜めて言う。

「本部長の許可が出た。東京駅に着いたら、任意同行《にんどう》をかけて北署へ引っ張る。八重洲口に車を待機させておくそうだ」

新幹線は間もなく、郡山に着く。

東京まで一時間半。

「了解です」

前を向いたまま、声に力を込めた。

膝頭が震える。

武者震い――

佐野は細く息を吐き出すと、車窓を飛び去る雪を、じっと見詰めた。

＊

東京駅に降り立つと、桂介はコートの襟を立てた。大宮あたりで止んでいた雪が、また降り出している。

右手にボストンバッグを抱える。左手でキャリーケースを引いて、歩きはじめた。

——これからどうする。

——わからない。

——将棋を続けるのか。

——わからない。

上野を過ぎたあたりから頭にこびりついて離れない自問自答だった。いくら繰り返しても、答えは出ない。

人波に流されながら、ホームの階段へ向かう。

ふっと空を覆っていた雲が途切れて、日差しがホームに差し込んだ。

立ち止まり、上を見る。

ホームとホームの隙間から、銀色に輝く雪が、ゆっくり落ちてくる。

——ああ。

銀糸を細かく切ったような煌《きら》めきに、息が漏れる。

その場に立ち尽くし、空を見上げていると、後ろから声をかけられた。

「上条桂介さんですね」

振り返る。

目付きの鋭い中年の男性と、その後ろに若い男性が控えていた。

刑事だ。

名乗る前から、桂介にはわかった。

「埼玉県警の者ですが、天木山山中で見つかった遺体について伺いたいことがあります。大宮北署まで、ご同行願えませんか」

中年の男性が、低い声で言う。

潮時――そんな言葉が、頭に去来する。

入線のアナウンスがホームに流れる。

上り新幹線が近づいてくる。

桂介はゆっくりと息を吐き、ボストンバッグをホームに下ろした。

若い刑事がそれを手にしようと腰を屈めた。

刹那――

身を躍らせる。

銀色に光る雪が、満開の向日葵に取って代わる。

舞った。

向日葵へ向かって――

解説

羽生善治

夏の代表的な花の向日葵は太陽に向かって燦燦《さんさん》と咲く。

黄色の花は明るく、力強く、多くの人々を魅了する。

一方でゴッホが描いたようにこの花には明るさだけではない「魔力」も潜んでいる。

花言葉「憧れ」が象徴するように。

この物語では明るさと正反対の陰鬱《いんうつ》で悲しげな描写から始まっている。

作中に登場する真剣師の世界はかつて、昭和の時代には存在した。今は無くなってしまったが、自分にとっては子供の頃に少しだけ接点がある世界でもある。

小学生名人戦で優勝していよいよ秋に奨励会を受験するという年に、アマチュア名人戦の東京都下予選に参加をした。

奨励会に入会するとセミプロの扱いになるのでアマチュアの大会に参加が出来ない。

自分にとっては受験前の最後の腕試しの機会になった。

強豪がたくさん参加する大会なので実力的に代表にはとてもなれないが、どんな人と対戦出来るか楽しみにしていた。

予選を勝ち上がり、本戦の1回戦で70歳くらいの人との対戦になった。

地域の強豪は名前が知られているが自分はその人の名は知らなかった。

対局が始まり、私は後手、☗7六歩☖3四歩☗2二角成☖同銀☗7七桂と進んでびっくりした。

将棋を知らない人には何の事かよく分からないと思うので少し解説をすると、先手なのに角交換をして手損をして、「桂の高跳び歩の餌食」という格言の通りに桂を活用したのである。

わずか5手で将棋の基本のセオリーを二つも犯している。

このように指されたのは初めての事で、基本に忠実に指したつもりだったのだが手も足も出ないで負かされてしまった。

啞然としていると同じ道場の強豪の人が近づいて来て一言、「あの人は実は真剣師なんだよ」。

風変りな指し方は本には書いていないし、定跡もない。

根本的な将棋の理解が深くないと咎《とが》められないのだ。

知っている形なら対応が出来るが変化球を投げられると対応が出来ない小学生の弱点を見事に衝かれてしまった。

その大会の準決勝、決勝は地元の道場で開催されていたので自分がその対局の記録係を務める機会に恵まれた。

優勝をした人は、序盤で悪くなりがちだったがそこから粘り強く、怪しげな手を連発して逆転をしていた。

長手数を厭わない独特な指し回しを不思議な気持ちで眺めていた。

この人はその後、全国大会でも優勝したのだが実は裏の世界ではとても有名で、この大会が初めて表舞台に登場したタイミングだったのだ。

そして、この作品の登場人物のモデルの一人にも思える。

真剣師の世界は強ければ良いのではなく、有名になり評判が広がると仕事がやりにくなる（？）らしい。

大切なのは実力ではなく、相手との力関係を正確に考えてハンデを振る。

それがきちんと出来ればアマチュア初段ぐらいにはなれると大先輩の棋士から聞いた事がある。

その人がなぜ、大会に参加してきたかは未だに謎だが何か心境の変化があったのかもしれない。

また、その世界の指し方は勝つ手より負けない手を選ぶ傾向があり、手厚い指し方を好む。

大胆な手は選ばず、慎重に保険を掛けつつお互いに手を進めるのでどうしても長手数になる。

将棋は長くなればなるほど泥仕合になってミスも起こりやすい。

作中の捜査と重なるところもあるように感じた。

また、この作品では将棋の駒が事件を解決する大きな鍵となっている。

実戦で使われる実用的なものもあるが鑑賞用、芸術的な駒も確かに存在する。

そして、美術品のコレクターのような人々が各地に点在をしていて、例えばその地方でタイトル戦が開催される場合はその方にお願いをして盤駒を提供して頂くケースもある。

対局をした証しとして盤の桐蓋や駒箱に署名をしたりもする。

しかし、昭和の匠と言われている人々の駒を見かける事は少ない。

元々、量産出来るものでもないし、制作にも時間がかかるからだ。

駒の王将、玉将の底面には作者と書体が書かれているのでそれでどんな駒かわかる。

また、昔の駒は玉将が二つ、最近は王将と玉将に分かれているのでそれで制作の時期が推測出来る。

そして、盤の高さも最近は6寸盤、7寸盤のものも増えているが昔の盤はもっと背が低いものが多い。

比例して昔の駒は小ぶりに作られている。

棋士でコレクターをしている人は稀なので名作と呼ばれているものがどこにあるか不明のケースもある。

特に代が変わった時に引き継いだ人がその価値をよくわからずに処分する事もある。

その意味で駒の持ち主を探していくプロセスにはリアリティーと美術品特有の物語を感じずにはいられない。

バイオリニストが愛用したストラディバリウスを棺に入れてほしいというエピソードを聞いたことがあるが、この作品にも通ずるものがあるのかもしれない。

「人が魅了されている姿に人は魅了される」。この作品の多くの登場人物は将棋に、捜査に取り憑《つ》かれ、追いかけてゆく。

しかし、目的地やゴールはない。

ただひたすらに向日葵の咲く場所を追いかけ続けてゆく人々の姿がある。

（はぶ・よしはる　棋士）

謝辞

本書を執筆するにあたり、監修として日本将棋連盟の棋士・飯島栄治氏に多大なる協力をいただきました。この場を借りて、心より御礼を申し上げます。

尚、この物語における事実との相違点は、すべて筆者に責任があります。

この物語はフィクションです。登場する人物・団体・名称等は架空であり、実在のものとは一切関係ありません。

『盤上の向日葵』二〇一七年八月　中央公論新社刊
（文庫化にあたり、上下巻に分冊しました）

中公文庫

盤上《ばんじょう》の向日葵《ひまわり》（下《げ》）

2020年9月25日　初版発行
2024年2月25日　5刷発行

著　者　柚《ゆ》月《づき》裕《ゆう》子《こ》

発行者　安部順一

発行所　中央公論新社
〒100-8152　東京都千代田区大手町1-7-1
電話　販売 03-5299-1730　編集 03-5299-1890
URL https://www.chuko.co.jp/

DTP　ハンズ・ミケ
印　刷　三晃印刷
製　本　小泉製本

Published by CHUOKORON-SHINSHA, INC.
Printed in Japan　ISBN978-4-12-206941-1 C1193

各書目の下段の数字はＩＳＢＮコードです。978－4－12が省略してあります。

中公文庫既刊より

お-87-1
アリゾナ無宿
逢坂　剛
時は一八七五年。合衆国アリゾナ。身寄りのない一六歳の少女は、凄腕の賞金稼ぎ、謎のサムライと賞金稼ぎのチームを組むことに⁉〈解説〉堂場瞬一
206329-7

お-87-2
逆襲の地平線
逢坂　剛
〝賞金稼ぎ〟の三人組に舞い込んだ依頼。それは十年前にコマンチ族にさらわれた娘を奪還してほしいというものだった……。〈解説〉川本三郎
206330-3

お-87-3
果てしなき追跡（上）
逢坂　剛
土方歳三は箱館で銃弾に斃れた――はずだった。一命を取り留めた土方は密航船で米国へ。友を、そして記憶を失ったサムライは果たしてどこへ向かうのか？
206779-0

お-87-4
果てしなき追跡（下）
逢坂　剛
西部の大地で離別した土方とゆら。人の命が銃弾一発より軽いこの地で、二人は生きて巡り会うことができるのか？　巻末に逢坂剛×月村了衛対談を掲載。
206780-6

か-74-3
人生教習所（上）
垣根　涼介
謎の「人間再生セミナー」に集まってきた「落ちこぼれ」たちは、再起をかけて小笠原諸島へと出航する。『君たちに明日はない』の著者が放つ、新たなエール小説。
205802-6

か-74-4
人生教習所（下）
垣根　涼介
斬新な講義で変わっていく受講者たち。そして最後にして最大の教材、小笠原の美しい自然と数奇な歴史に織り込まれた真理とは？　謎のセミナー、感動の最終章へ。
205803-3

か-74-5
真夏の島に咲く花は
垣根　涼介
フィジー人、インド人、日本人、中国人。様々な若者たちが南国の「楽園」で学んだ大切なこととは？　真の幸せを問い続ける著者渾身の長篇小説。〈解説〉大澤真幸
206413-3

か-74-6
ゆりかごで眠れ（上）新装版
垣根涼介
直木賞作家の、揺るぎなき原点！　南米コロンビアから娘とともに来日したマフィアのボス、リキ・コバヤシ。その目的は警察に囚われた仲間の奪還と復讐。
207462-0

か-74-7
ゆりかごで眠れ（下）新装版
垣根涼介
安らぎを夢見つつも、憎しみと悲しみの中でもがき彷徨う男と娘。血と喧噪の旅路の果てに待つのは、不条理で切ない結末なのか。〈解説〉佐藤　究
207463-7

こ-40-24
新装版　触　発　警視庁捜査一課・碓氷弘一1
今野　敏
朝八時、霞ヶ関駅で爆弾テロが発生、死傷者三百名を超える大惨事に！　内閣危機管理対策室は、捜査本部に一人の男を送り込んだ。「碓氷弘一」シリーズ第一弾、新装改版。
206254-2

こ-40-25
新装版　アキハバラ　警視庁捜査一課・碓氷弘一2
今野　敏
秋葉原を舞台にオタク、警視庁、マフィア、中近東のスパイまでが入り乱れるアクション&パニック小説。「碓氷弘一」シリーズ第二弾、待望の新装改版！
206255-9

こ-40-26
新装版　パラレル　警視庁捜査一課・碓氷弘一3
今野　敏
首都圏内で非行少年が次々に殺された。いずれの犯行も瞬時に行われ、被害者は三人組で、外傷は全くないという共通項が。「碓氷弘一」シリーズ第三弾、待望の新装改版。
206256-6

こ-40-20
エチュード　警視庁捜査一課・碓氷弘一4
今野　敏
連続通り魔殺人事件で誤認逮捕が繰り返され、捜査は大混乱。ベテラン警部補・碓氷と美人心理調査官・藤森のコンビが真相に挑む。「碓氷弘一」シリーズ第四弾。
205884-2

こ-40-21
ペトロ　警視庁捜査一課・碓氷弘一5
今野　敏
考古学教授の妻と弟子が殺され、現場には謎めいた古代文字が残されていた。碓氷警部補は外国人研究者を相棒に真相を追う。「碓氷弘一」シリーズ第五弾。
206061-6

こ-40-33
マインド　警視庁捜査一課・碓氷弘一6
今野　敏
殺人、自殺、性犯罪……。ゴールデンウィーク最後の夜に起こった七件の事件を繋ぐ意外な糸とは？　藤森紗英も再登場！　大人気シリーズ第六弾。
206581-9

各書目の下段の数字はISBNコードです。978－4－12が省略してあります。

あ-90-1
さよなら獣 朝比奈あすか
教室で浮いていた三人。十年後、別々の道で生きる彼女たちは不意の再会を喜ぶが……心が叫ぶ痛快思春期小説。『少女は花の肌をむく』改題。〈解説〉少年アヤ
206809-4

え-21-1
巡査長 真行寺弘道 榎本憲男
五十三歳で捜査一課のヒラ捜査員――出世拒否×バツイチ×ロック狂のニュータイプ刑事登場。圧倒的なスケールの痛快エンターテインメント！〈解説〉北上次郎
206553-6

え-21-2
ブルーロータス 巡査長 真行寺弘道 榎本憲男
真行寺弘道は、五十三歳で捜査一課ヒラ刑事という変わり種。インド人の変死体が発見され、インドを専門とする若き研究者・時任の協力で捜査を進めると……。
206634-2

え-21-3
ワルキューレ 巡査長 真行寺弘道 榎本憲男
元モデルだという十七歳の少女・麻倉瞳が誘拐された。真行寺刑事は、評論家デボラ・ヨハンソンの秘書を務める瞳の母に、早速聞き込みを始めたが――。
206723-3

え-21-4
エージェント 巡査長 真行寺弘道 榎本憲男
「令和」初の総選挙当日――。首相の経済政策を酷評し躍進する新党に批判的な男が、騒動を起こす。現場に居合わせた真行寺は騒ぎに巻き込まれるが……。
206796-7

え-21-5
インフォデミック 巡査長 真行寺弘道 榎本憲男
二〇二〇年、新型ウイルスが世界を席巻する。真実が不透明な中、人々は不確かな情報に「感染」。真行寺は捜査一課長からの密命を帯び……。文庫書き下ろし。
206986-2

さ-83-1
連弾 佐藤青南
幼き頃の憧憬は、嫉妬、そして狂気へと変わる――。彗星の如く現れた天才作曲家の正体を追う、二人の刑事が辿り着いた真実とは⁉ 文庫書き下ろし。
207087-5

さ-83-2
人格者 佐藤青南
オーケストラの人気ヴァイオリニストが殺害された。誰からも愛された男がなぜ殺されたのか？ あの『連弾』の異色刑事コンビが謎に挑む！ 文庫書き下ろし。
207229-9